Buchbeschreibung:

Fast wären sie verloren gegangen, die alten Geschichten und Erzählungen aus und um Schloß Ricklingen. Viele entstammen den "Dönekens", die Herr Ulrich gesammelt und veröffentlicht hat. Die anderen sind uns zugetragen worden und wir haben sie mit Begeisterung aufgeschrieben und hinzugefügt. Eine unterhaltsame Lektüre aus fast 800 Jahren!

Über die Herausgeberinnen:

Die vier Herausgeberinnen Ulrike Deiters-Bolte, Ulla von Fehrn-Stender, Regina Schiewe und Regina Thiele leben alle seit vielen Jahren in Schloß Ricklingen und lieben Geschichten, Bilder und Bücher.

Schloß Ricklinger Dönekens

Neu zusammengestellt

Von Ulrike Deiters-Bolte - Ulla von Fehrn-Stender - Regina Schiewe -
Regina Thiele

Schloß Ricklingen
30826 Garbsen

Eigenverlag

www.schlossricklingen.com

1. Auflage, 2025

© 2025 Alle Rechte vorbehalten.

Schloß Ricklingen

30826 Garbsen

Eigenverlag DTV Schloß Ricklingen

www.schlossricklingen.com

Verlag: BoD · Books on Demand GmbH, Überseering 33, 22297 Hamburg, bod@bod.de

Druck: Libri Plureos GmbH, Friedensallee 273, 22763 Hamburg

ISBN: 978-3-8192-6547-1

Vorwort

Als wir begannen, wollten wir einfach, dass die wunderschönen und lustigen Geschichten, die Herr Ulrich gesammelt hatte, nicht verloren gehen. Dann haben wir gemerkt, dass es weitere Menschen gibt, deren Erzählungen uns erstaunen, überraschen oder begeistern. So haben wir uns auf den Weg gemacht, die Dönekens zu bearbeiten, lange Berichte etwas zu kürzen und neue spannende Texte zu ergänzen. Entstanden ist eine hoffentlich unterhaltsame Lektüre, die man immer mal wieder schmunzelnd in die Hand nehmen kann.

Für die Illustrationen konnten wir die Damen des Malkreises Schloß Ricklingen gewinnen und Fotos aus historischen Quellen verwenden. Wo noch Abbildungen fehlten, haben wir uns der KI bedient.

Wir möchten uns besonders bei all denen bedanken, die uns neue Geschichten und Dönekens erzählt haben!

Eine Bitte haben wir noch: Die Dönekens sind kein Geschichtsbuch. Jede Erzählung malt uns ein Bild einer Erinnerung einer einzelnen Person und ist geprägt von ihrem persönlichen Erleben.

Lass dich mitnehmen in eine vergangene Welt.

Inhaltsverzeichnis

Die Hügelgräber

Auf einem Waldgrundstück mit dem Flurnamen „Kahler Berg" liegen an der Grenze der Gemarkung Schloß Ricklingen, nach Horst drei Hügelgräber.

Im Jahre 1864 wurde ein solches Grab geöffnet und man fand dort fingerhutgroße

Stilisierte Hügelgräber

Bronze-Tüllen, die wohl als Schmuck an einer Frauenhaube gesessen hatten (heute im Landesmuseum Hannover).

Was war hier geschehen?

Kein Zweifel, hier hatte man eine Frauenleiche verbrannt, wie das um 1000 v. Chr. so üblich war. Man schichtete einen Reisighaufen auf, trug auf einem Leinentuch die Tote herbei und legte sie langsam und ehrfürchtig auf den Scheiterhaufen. Man hatte sie schön hergerichtet, das beste Wollkleid ihr angelegt, das mit Bronzespangen zusammen gehalten wurde. Bronzene Ohrringe und Armreifen glitzerten in der Sonne. Der heidnische Priester, auch Zauberer oder Medizinmann genannt, ging mehrmals unter Gemurmel von unverständlichen Worten um die Feuerstätte. In der Hand hatte er einen Topf mit glühenden Kohlen. Die ganze Sippe schritt mit Blumen in den Händen hinterdrein; einige trugen auch kleine Tongefäße, gefüllt mit der Lieblingsspeise oder dem wertvollsten Schmuck der Toten. Eine feierliche Totenehrung! An Tränen fehlte es nicht. Das Abschiednehmen von lieb gewonnenen Menschen war damals genauso schmerzlich wie heute.

Dann legte der Priester das Feuer an, und alle Leidtragenden warfen die Blumen zur Verstorbenen hinauf, fassten sich bei den Händen und bildeten einen Kreis, einen Kranz, Symbol des geschlossenen Lebenskreises: aus der Ewigkeit genommen – der Ewigkeit zurückgegeben.

Als das Feuer herunter gebrannt war, schob man die Asche zusammen und häufte Grassoden darüber. Nun setzte man rings um die Brandstelle die mitgebrachten Töpfe und Schalen in ausgehobene Erdlöcher, damit, wenn der Geist der Toten wiederkomme, es ihm nicht an Nahrung fehle.

Der Körper war dahin, der Geist aber lebte weiter, so dachte man. Die Brandbestattung war also nicht der Ausdruck eines hoffnungslosen Sterbens.

Die Verbrennung war das letzte Opfer, damit die Seele in den Bereich des Lichts und der Seligkeit gelange. In einer alten Sage heißt es, dass, je höher der Rauch bei der Verbrennung steige, desto höher der Tote im Himmel sitzen würde.

Hans Ulrich

Es stand einmal

ein Krieger im Schlosspark, der vor dem Verkauf des Schlosses 1972 plötzlich verschwunden war. Dieser grimmig dreinblickende, steinerne Wächter war antiken Vorbildern nachgeschaffen, wie sie beispielsweise in der römischen Villa des Kaisers Hadrian zu sehen waren.

Während dieser Krieger auf der linken Seite vor dem Schloss stand, befand sich noch ein zweiter Krieger, zwar mit abgeschlagenem Kopf, auf der rechten Seite. Auch dieser ist entschwunden.

Hans Ulrich

Krieger im Schlosspark(Foto)

Wie Schloß Ricklingen zu seinem Namen kam

Im 12. Jahrhundert blühte für kurze Zeit ein Geschlecht, das sich nach dem südlichen Stadtteil von Hannover, nämlich Ricklingen nannte. Nach einigem Hin- und Hervererben von Ländereien und Titeln bauten die Grafen von Roden/Wunstorf, die höchstwahrscheinlich mit eben jenem Geschlecht der inzwischen wieder ausgestorbenen Ricklinger verwandt gewesen waren, 1225 die Burg Ricklingen zum Schutz einer bereits bestehenden kleinen Siedlung. Leider ist von ihr nichts mehr übrig, außer dem Namen des heutigen Kleingartenvereins „Burgfeld„ an der Burgstraße. Wie der Name schon sagt, nimmt man an, dass die Burg einst an dieser Stelle stand.

1399 wurde dann das Amtshaus unter inzwischen welfischer Herrschaft erbaut, angeblich aus Teilen der alten Burg. Auch das war noch nicht das Gebäude, was wir heute „Schloss" nennen.

Zum Amt Ricklingen gehörten unter anderem Garbsen, Havelse, Stelingen, Berenborstel, Osterwald, und noch einige Dörfer mehr, die heute zur Stadt Garbsen gehören.

Das heutige Amtshaus, stolz „Schloss" genannt, wurde um 1750 erbaut.

1852 wurde der Amtssitz dann nach Neustadt am Rübenberge verlegt, Schloß Ricklingen verlor nach über fünfhundert Jahren seine Bedeutung als herzögliches und königliches Amt.

Von 1866 bis zu seinem Tod 1884 bewohnte der letzte hannoversche Kriegsminister des Königreichs Hannover General Eberhard von Brandis das Amtshaus.

Im ersten und zweiten Weltkrieg diente das Amtshaus als Lazarett, in der Nachkriegszeit als Altenheim. Danach wurde es etwa 30 Jahre lang als Auktionshaus genutzt. Seit 2002 haben das Gebäude und auch der Schlosspark neue Eigentümer und sind nicht öffentlich zugänglich.

Zur Unterscheidung von dem hannoverschen Stadtteil Ricklingen bürgerte sich für die Ortschaft die Bezeichnung „Schloß Ricklingen" ein. In den Karten und Verzeichnissen wurde es oft mit „Ricklingen, Schloß" bezeichnet, bis 1963 die offizielle Bezeichnung „Schloß Ricklingen" eingeführt wurde.

Hans Ulrich

Ortsschild Eingang aus Horst 2025 (Foto Detlef Kupzock)

Dietrich von Mandelsloh war kein Raubritter

Ehrenrettung für den einstigen Herrn der Burg Ricklingen!

Wem fällt bei der Nennung des Namens Schloß Ricklingen nicht die Sage ein, die um die Eroberung der dortigen Burg gesponnen wird? Wer kennt nicht das geflügelte Wort *„Wi sünt vor Ricklingen noch nich vorrower"* – was dem Hochdeutschen „Das dicke Ende kommt noch nach" entspricht? Schon seit fünf Jahrhunderten gibt es schriftliche Zeugnisse über das Ereignis, und in neuerer Zeit hat sich neben dem Pastor Sporleder auch Hermann Löns in einem längeren Gedicht darüber ausgelassen. Leider haben einige Niederschriften einen Fehler; sie übernehmen kritiklos eine Sage, ohne Rücksicht auf ihren Wahrheitsgehalt und vergessen dabei, dass diese Erzählform von dem geschichtlichen Kern meist erheblich abweicht. Um es deutlicher zu sagen: was den Dietrich von Mandelsloh aus dem alten, bodenständigen Geschlecht betrifft, so verbreitet die Sage eine schlimme Verleumdung, ja, sie stellt die geschichtliche Wahrheit geradezu auf den Kopf. Dieser Artikel soll dazu beitragen, dieses alte Vorurteil zu beseitigen.

Was am 16. April 1385 wirklich in Schloß Ricklingen geschehen ist, kann man von dem wenig später errichteten Gedenkstein ablesen: Der Herzog Albrecht von Sachsen wurde bei der Belagerung der Feste von einem Schleuderstein getroffen. Man darf das noch dahingehend ergänzen, dass er an den Folgen dieser Verletzung ein knappes Vierteljahr später, am 28. Juni desselben Jahres, in Neustadt gestorben ist. Es stimmt auch, dass er den Dietrich von Mandelsloh belagert hat. Alle übrigen Aussagen müssen als schmückendes Beiwerk abgetan werden. Der „Raubritter" ist ebenso ein Hirngespinst wie seine streitbare Tochter Sophie. Wie unsinnig es ist, Dietrich von Mandelsloh als Raubritter zu bezeichnen, geht aus Folgendem hervor:

Herzog Albrecht hatte ihn selbst vier Jahre zuvor auf der Burg eingesetzt und mit dem Amt Ricklingen belehnt. Bald nach der Belagerung schloss die Stadt Hannover mehrere Verträge mit ihm ab. Verträge und Abmachungen mit einem „Raubritter"? Das war schon vor 600 Jahren schlechterdings unmöglich! Dann ist da die freudig zitierte Sache mit den Schiffen auf der Leine, die er oder seine Gesellen mit Ketten aufgehalten haben sollten. Nun gibt es sichere Nachrichten aus dem Jahre 1376, dass damals in der Leine zwischen Neustadt und Hannover allein fünf Mühlen mit Mühlenwehren bestanden haben, nämlich in Abbensen, Rethem, Garbsen, Lohnde und Marienwerder. Das schließt eine Schifffahrt aus, denn in den Wehren gab es noch keine Schleusen. Die Stadt Hannover hat sie erst später mit großem Kostenaufwand einbauen lassen.

Die Nennung von Hannover und der Leine Schifffahrt aber gibt einen wichtigen Hinweis. Alles deutet nämlich darauf hin, dass das Ereignis nur im Zusammenhang mit beidem verständlich wird. Und manches spricht sogar dafür, dass Hannover nicht ganz unschuldig am Rufmord an Dietrich gewesen ist.

Die damals im Aufblühen begriffene Stadt verfolgte schon lange ein Ziel: die Herstellung eines Schifffahrtsweges nach Bremen. Insbesondere deshalb, weil ihre Bürger einen ertragreichen Kornhandel, der bis dahin fast nur auf dem Landwege mit Wagen möglich war, lohnender gestalten wollten. Dabei waren ihr die Besitzungen der Mandelsloher um Ricklingen, im unteren Leine- und Allertal sowie an der Weser hinderlich, denn so weit reichte damals der Einfluss, reichte auch der Landbesitz dieses mächtigen Geschlechts. Es ist nicht auszuschließen, dass zu dieser Zeit die von Mandelsloh Kornhandel nach den Nordseehäfen betrieben, also auch noch eine Konkurrenz für Hannover bedeutet haben. Für die Stadt war daher die

Zerstörung der Burg in Mandelsloh (1376) ein erster wichtiger Schritt zur Erreichung dieses Zieles, das in der Folgezeit mit großer Verbissenheit verfolgt wurde.

Die Fehde um Schloß Ricklingen begann 1385 damit, dass Hannover im Frieden 14 Wagen des von Mandelsloh überfiel, wobei die Begleitmannschaft teils erschlagen, teils verwundet wurde. Offenbar war dies das Signal zum Sturm, den zuerst die Landbevölkerung zu spüren bekam:

Die Truppen des mit Hannover verbündeten Herzog Albrechts, der von maßgeblichen Zeitgenossen als wankelmütig und vertragsbrüchig abgewertet wird, mussten als Gegenleistung für Dienste, die von der Stadt erbracht worden waren, die Kastanien aus dem Feuer holen. Von ihnen wurden die Dörfer, Engelbostel, Garbsen, Gümmer, Horst, Seelze und Marienwerder niedergebrannt. Danach erst begann die bewusste Belagerung, in deren Verlauf zunächst die Vorburg zerstört worden ist und die mit dem Abzug des Dietrichs und seinen Mannen endete. Wie so oft musste der Bauer die Zeche bezahlen, wenn sich die Großen in die Haare gerieten.

Welche ohnmächtige Wut über diese Taten des Herzogs, der auch noch aus anderen Gründen der ansässigen Bevölkerung verhasst war, muss doch bei den Bauern damals geherrscht haben! Zumal bei der Mandelsloher Belagerung auch noch Eilvese und Weltze niedergebrannt worden waren und andere Ortschaften Zerstörungen hatten hinnehmen müssen. Was liegt daher näher als der Verdacht, das geflügelte Wort vom „An-Ricklingen-noch-nicht-vorüber-sein" sei aus einer grimmigen Schadenfreude über den schmählichen Tod des Herzogs Albrecht entstanden?

Jedenfalls ist es unwahrscheinlich, dass es bei der Lage der Dinge auf unsern Dietrich von Mandelsloh Bezug hat.

Uns sind nämlich Protokolle der Verhandlung zur Schlichtung der Fehde erhalten geblieben. Die schlimmen Übeltaten werden von der Gegenpartei ohne Umschweife zugegeben – was aber wirft man dem Ritter selbst vor? Er habe dem Herzog nach dem Leben getrachtet! Beweisen konnte es keiner. Zur eigenen Entschuldigung wurde lediglich gesagt, das sei während der Fehde geschehen. Eine etwas zwielichtige Moral. Wie sehr man dem Ritter Dietrich unrecht tut, Jahrhunderte lang eine so üble Brunnenvergiftung zu betreiben, ergibt sich nur zu deutlich aus dem Gesagten. Es dürfte nun auch klar sein, wer in Wahrheit der Räuber war, der Ritter oder der Herzog?!

Hans Ehlich

Zeichnung Christine Philippi

Der Schlosskrug in Ricklingen

Im Jahre 1666 berichtete der Amtmann Voigt über den Krug vor dem Schlosse, er sei etwa 150 Jahre lang im Besitz der Familie Müller gewesen.

Herzog Erich II. hätte ihn dem Gehrke Müller übergeben, weil dieser ihm in der Schlacht bei Drakenburg das Pferd überlassen hatte. Erich sei damit durch die Weser entkommen. Das war 1547. Er hatte im Laufe des Schmalkalder Krieges als kaiserlicher Feldherr vorher Bremen belagert, war beim Herannahen von Mansfeld und Wrisberg weseraufwärts ausgewichen und musste bei Drakenburg eine schlimme Niederlage hinnehmen.

Vermutlich sieht der wahre geschichtliche Kern dieser Erzählung so aus: Hintergrund der Ereignisse war nicht Erich der Jüngere, sondern sein Vater, Erich I. und die Schlacht auf der Soltauer Heide im Jahre 1519. Damals konnte der Fürst noch mit knapper Not weiterkämpfen, nachdem ihm sein Pferd unter dem Leibe erschossen war. Daraufhin übergab ihm sein Diener Gerke Müller das Seinige. Dieser wurde jedoch getötet, während Erich in Gefangenschaft geriet. Nach seiner Entlassung ging er daran, den Dienst seines treuen Dieners zu belohnen. Er übergab nämlich der Witwe und den drei Söhnen, den so genannten Erbenzinskrug in Ricklingen, das zur Stelle gehörende Land und einige Wiesen, so dass ihre Zukunft gesichert war. Einige Generationen lang haben die Müllers die Wirtschaft betrieben, 1609 war zum Beispiel ein Bürgermeister Heinrich Müller in Hannover ihr Inhaber.

Es hat eine Reihe von Erbenzinskrügen dicht bei den Kirchen unserer Heimat gegeben. Die Pächter hatten jährlich einen Zins an die Kirche zu geben. Im Falle des Schlosskruges waren es fünf Gulden. Die Wirtschaft an dem Schlosse hat also ein Alter von mindestens 450

Jahren, vermutlich ist sie noch viel früher entstanden. Später wurde an dieser Stelle das Gasthaus zur Linde gebaut.

Hans Ehlich

Stilisierter Schlosskrug

Kleinkrieg zwischen Blumenau und Ricklingen

Im 16. Jahrhundert waren die herzoglichen Ämter oft Schauplätze von Chaos und Machtspielen. Besonders als Herzog Erich II die Ämter an adelige Geldgeber versetzte, gerieten wenig rechtskundige Drosten an die Macht – mit fatalen Folgen.

Im November 1578 stahlen zwei Bettler in Seelze einen Eisenbolzen. Der bestohlene Bauer Hische jagte sie zu Pferde, stellte sie und fesselte sie auf seinem Hof. Doch in der Nacht entkamen sie. Der Ricklinger Amtmann Adrian Kumaugen tobte: Ein Untertan aus Blumenau hatte eigenmächtig auf seinem Gebiet Recht gesprochen! Als Vergeltung ließ er zwei Seelzer Bürger entführen und einsperren.

Blumenau schlug zurück. Am 4. Dezember überfiel der gewiefte Vogt Lorenz Knust mit seinen Männern den Ricklinger Amtmann selbst, als dieser von einem Familienbesuch zurückkehrte. Der Überfallene berichtete später empört, er sei mit seiner Frau aus dem Wagen gezerrt, ins Gefängnis geworfen und „gestocket und geblocked" worden – gefesselt, dass er nur auf dem Rücken liegen konnte. Seine Frau flehte um Milde, doch vergebens. Erst spät in der Nacht bot man ihm Essen an, das er aus Trotz verweigerte.

Unter Druck unterzeichnete er schließlich einen Vergleich: Hische musste eine hohe Geldbuße zahlen, die Seelzer Geiseln wurden freigelassen. Doch der Ricklinger Amtmann ließ das nicht auf sich sitzen. Er meldete den „schändlichen Überfall" der herzoglichen Regierung, die nun selbst eingriff. Der Neustädter Amtmann erhielt den Befehl, die Verantwortlichen in Blumenau festzunehmen. Hische wurde verhaftet, aber nach neun Tagen krankheitsbedingt entlassen.

Trotz aller Entschuldigungen ließ sich der Herzog nicht täuschen. Der Blumenauer Droste Barthold Bock von Nordholz wurde seines Amtes enthoben – erst nach fünf Monaten durfte er zurückkehren. Hisches weiteres Schicksal blieb ungeklärt; vermutlich kostete ihn die Haft das Leben.

So endete dieser absurde Kleinkrieg, ein Spiegelbild der chaotischen Zustände jener Zeit. Und doch – trotz aller Willkür – setzte sich am Ende die Rechtsordnung durch.

Hermann Mußmann

Das Kerbholz

Kerbstock oder die Latte, ein längs gespaltenes Holz, in dessen Hälften Marken quer eingekerbt wurden. Es diente in Deutschland bis ins 19. Jahrhundert zum Aufschreiben von Schulden, Arbeitstagen und Ähnlichem. Zur Kontrolle bekam jeder Partner eine Stabhälfte.

Das Einkaufen mit der Latte oder mit dem Kerbholz war früher allgemein üblich. Da kamen zum Beispiel die Kunden zum Bäcker; in dem Korb lag ein längs gespaltener halber Haselstock. Die andere Hälfte hing beim Bäcker

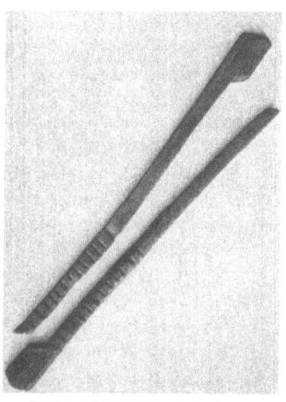

Foto eines Kerbholzes (Wikipedia)

am Kerbholz-Haken. Dann legte der Bäcker beide Hälften aufeinander, schnitt über den Spalt die Kerbe, gab eine der Hälften wieder dem Kunden, hing die andere wieder an den Haken und die Schuld war notiert. Betrug war also nicht möglich.

Heute: etwas auf dem Kerbholz haben, etwas angestellt, eine Straftat begangen haben.

Schloß Ricklingen in Reimen

Gedicht über Schloss Ricklingen

Von August Sporleder
(1834–1851 Prediger in Basse)

Was bläset der Turmwart so laut in das Horn,
Als wollt' er die Toten erwecken!
Du, fürchte des Burgherrn grimmigen Zorn,
Der lässt sich nicht ängsten noch schrecken!
Er sitzt mit den Zechern beim funkelnden Wein,
Will trinken und jubeln und fröhlich sein.

Er hat sich entgürtet das breite Schwert,
Das schöne, mit goldenen Knaufen,
Es blitzt, wenn es funkelnd niederfährt,
In der Feinde dichtesten Haufen;
Er hat sich entgürtet das Stahlgewand,
Und der Becher kreiset von Hand zu Hand.

„Wohlauf, Gesellen, nun tut es mir gleich,
Wie ihr es tat im Streite!
Es kostete manchen harten Streich -
Nun labt uns willkommene Beute.
Es lebe die ehrbare Handelsstadt,
Die uns so wohlfeil getränket hat!

Was soll auch den Bürgern der goldene Wein,
Sie haben ja Wasser die Fülle.
Hannover und Bremen, frisch, handelt nur fein
Und schweigt, wenn wir zehnten, fein Stille!"
So höhnte der Ritter und hob den Pokal,
Und alle lachten und tranken zumal.

Da stürmet ein Diener im eiligen Lauf
In die freudetönende Halle;
„Herr Ritter, versammelt die Reuter zuhauf,
Jetzt sind wir verloren, wir alle!
Es ziehet der Herzog mit reisigem Heer
Gerüstet zum ernstlichem Kampfe daher!"

"Und käme der Kaiser höchstselber heran,
Das sehe ich noch hundertmal lieber.
Er ist ja, so wahr ich ein Ritter und Mann,
VOR RICKLINGEN NOCH NICHT VORÜBER.
Wir salben uns noch erst mit Weine den Mund,
Derweil sie rennen die Köpfe sich wund".

Und es weinet die Tochter und flehed so mild:
„Erzürnet den Herrn nicht so lange!"
Doch der Ritter schnaubt ihr entgegen wild:
„Dein Weibervolk wird es gleich Bange!
Und müsst' ich am Himmelstor betteln gehn,
So bleibet der Herzog doch draußen stehn".

Da schluchzet das Fräulein und eilet im Lauf
Zum Söller aus diesem Getümmel,
Und schaut mit gerungen Händen hinauf
Zum freundlichen Gotteshimmel,
Mit bebenden Knieen wirft sie sich hin
Und betet herzinnig mit gläubigem Sinn:

„Ach, Jesu, mein Heiland, ach, höre ihn nicht
In dieser schrecklichen Stunde,
Der Arme weiß es ja selber nicht,
Wie er frevelt, mit trunkenem Munde.
Du betetest auch so, vergib es nun,
Was diese unwissentlich Böses tun!"

„Ach, Jesu, mein Heiland, gieb Raum, gieb Raum
Zu wahrer, ernstlicher Buße!
Schon naht das Gericht, und er ahnt es kaum,
Tief fall' ich dir Heiland zu Fuße,
Ob neunundneunzig Gerechte vergehen,
Laß den Sünder gerettet vor dir bestehn".

Da rückt vor der Burg die drohende Schar
Stets enger und enger zusammen,
Der Turmwart verkündet die nahe Gefahr,
Als stände die Burg in Flammen.
Das zucket dem Fräulein durch Mark und Bein,
Sie muss ja das Vaters Retterin sein.

Sie sieht von der Zinne den feindlichen Troß
Und leget mit Zittern und Beben
An's unheilschwangere Wurfgeschoß
Die Hand auf Tod und Leben.
Hin braust durch die Luft der wuchtige Stein
In der Feinde geschlossenen Haufen hinein.

Tumult erhebt sich und Klagegeschrei
Der Herzog sinkt tödlich getroffen. -
Für den Burgherren ist die Gefahr vorbei,
Der Sünder soll leben und hoffen.
Er pilgert an seiner Tochter Hand
Voll Reu und Leid in ein fremdes Land.

Die Hexe von Schloß Ricklingen

An den Winterabenden, wenn die Mädchen Wolle oder Flachs spannen, saß das Gesinde in der großen Stube am Kachelofen. Dabei erzählte man dann Geschichten, die immer sehr aufregend und gruselig waren.

Damals gab es im Dorf nur wenige Fremde, es waren die Müllerburschen auf der Mühle, die viel erzählen konnten, weil sie auf der Wanderschaft gewesen waren.

Da gab es die Geschichte von der Hexe.

Es ging das Gerücht um, eine bestimmte Dorfbewohnerin sei eine Hexe. Darum hatten sie den Fährknecht angestiftet, er solle sich am 1. Mai nachts unter gekreuzte Eggen setzen, dann könne man die Hexen zum Hexentanzplatz fahren sehen. Der Fährknecht versuchte es und setzte sich in der Nacht unter die Eggen.

Als es 12:00 Uhr vom Kirchturm geschlagen hatte, kam die Erwartete mit einem großen Besen aus der Tür, drehte sich einige Male im Kreis und entschwand in den Lüften. Am nächsten Morgen als der Fährknecht die erste Fähre um 06:00 Uhr über die Leine gesetzt hatte, stand sie wieder am anderen Ufer im dichten Nebel. Als sie auf der Fähre war, sagte der Fährknecht zu ihr: „Was habt ihr gestern Nacht aber schön tanzen können!".

„So Junge,", sagte sie, „hast du mich gesehen?". Dabei strich sie ihm über die Wange.

Der Fährknecht bekam einige Tage danach ein dickes Gesicht und einen geschwollenen Hals und ist qualvoll erstickt.

Die Hexe Harten

Die Harten, des hiesigen Kuhhirten Tiele Evers Ehefrau, zum Scheiterhaufen verurteilt, starb im Gefängnis und ward als Leiche verbrannt den 12.11.1605.

Sie ward von den hiesigen Predigern im Julius 1605 der Zauberei halber denunziert, weil sie nach der Aussage einer alten Frau, die mit ihr im Hause wohnte, eines Morgens früh, bei Anwesenheit ihres Mannes, dreimal ausgespien und gesagt habe „Pfui! Geh von mir weg, du bringst mich ins Unglück!" Wie die Frau dieses gemeint habe, sagte die Denunziantin, wisse sie nicht. Sie habe aber niemanden gesehen, zu dem die Frau es habe sagen können.

Die Denunziantin setzte hinzu, derjenige der zu der Harten gekommen, sei entweder ein Mensch oder der Teufel gewesen. Wäre jenes, so müsste er gesehen sein, da dieses nicht sei, so müsste es der Teufel sein, der bei der Harten gewesen.

Sie ward eingezogen und die Harten mochte noch so dringlich versichern, dass sie diese Worte zu ihrer Schwester von Schloß Ricklingen, welche ihr Eier verkaufen wollte, gesagt habe, so half das nicht. Die Juristen von Helmstedt erkannten unterm 8.Oktober 1605:

Sie sei mit der Tortur, doch menschlicher Weise, zu belegen.

Am 12. desselben Monats geschah das Foltern, mit der Wirkung, dass die Genannte alles bekannte, worum sie gefragt ward. Auch eingestand, dass der Teufel in einem schwarzen Samtkleide und im schwarzen Plümet auf dem Hut sich bei ihr eingefunden, der Heinrich geheißen und ihr einen Gulden auf die Hand gegeben.

Sie gestand ferner, dass sie vor 40 Jahren als sie zu Schloß Ricklingen bei dem Drosten Peter von Weihe der Kühe gehütet, durch den Teufel Heinrich verpflichtet worden sei. Er habe ihr das Handgeld gegeben und ein Zeichen am rechten Bein geschlagen. Sie habe wöchentlich zweimal mit ihm gebuhlt und jedes Mal, mittwochs und donnerstags, einen halben Gulden dafür erhalten.

Ferner habe sie dem Lüdeken Picht in Schloß Ricklingen zwei Kühe verzaubert, woran diese gestorben. Das sei mit einem schwarzen Pulver geschehen. Dies stammt von einem Kinderleichnam, den sie auf dem Nikolaikirchhof ausgegraben und später verbrannt habe.

R. Hartmann, Geschichte Hannovers

Dortje küssen

Vor Jahren, als noch nicht die Mähdrescher über die Felder brausten und das Korn noch im Winter auf der Deele gedroschen wurde, konnte man oft hören, wenn ein Bauer zu den mithelfenden Nachbarn sagte: „Nu William nu wütt wi irst mol Dortje küssen" und dann

nahmen beide einen kräftigen Schluck aus der Schnapsflasche.

Heute ist das Entstehen dieser Redensart geklärt: Im Jahre 1590 wurde der Droste Heimbart von Helversen mit dem Pfandbesitz des Schlosses Ricklingen betraut. Anscheinend hatte der alte Haudegen während der Kriegszüge mit dem unruhigen Herzog Erich II. von Neustadt allerlei Beute gemacht. Jedenfalls muss er größere Summen an den Landesherren verliehen haben. Sein Vermögen erbte bei seinem Tode im Jahre 1601 seine Witwe Dorothea (Dortia), eine Geborene von Bothmer.

Diese heiratete dann im Jahre 1605 den Drosten Georg von Breitzke und rief gleichzeitig eine milde Stiftung ins Leben, das sogenannte „Breitzke Legat", das lange noch der Kirche und den Armen der Kirchspiele Horst - zu dem damals Ricklingen gehörte - und Osterwald zugutekam. Die Summe hat 1000 Taler betragen. Jedes Mal am Dorotheentag wurden die Zinsen auch an die Dorfarmen verteilt. Dass dafür nicht nur Brot gekauft wurde, sondern auch „Schluck" ist wohl anzunehmen. Hat sich doch bis heute beim „Schluck aus der Pulle" die Redensart von „Dortje küssen" erhalten.

Hans Ulrich

Alter Volkssport: Hammel laufen

Welch ein harmloses Vergnügen war doch das Hammel laufen! Ein Schäfer feierte mit jungen Freunden seiner Zunft sein Hochzeitsfest. Die Musik verstummt, und der Bräutigam ruft: „Auf zum Hammel laufen!". Nun drängt sich die Jugend zur

Wiese vor dem Hochzeitshaus. Von da hinten sieht man, wie junge Mädchen einen Hammel festhalten, dem man bunte Bänder in die Wolle geknüpft hat und der um den Hals einen ebenso bunten Kranz trägt. Die jungen Schäfer bekommen alle eine gleichlange Haselrute in die Hand gedrückt und das Rennen zum Hammel beginnt.

Das Tier wird wild, entreißt sich den schwachen Mädchenhänden und nun setzt die Verfolgung ein. Denn wer es fertig bringt, sich zuerst auf das erschrockene Tier zu setzen, der darf ihn als Preis mit nach Hause nehmen.

Wirtschaftswunder 30 jähriger Krieg

In unmittelbarem Zusammenhang mit dem Osterwalder Pferdehandel stand ein aktenkundig belegtes Verbrechen: Die böse Tat wurde 1666 in der Nähe von Schloß Ricklingen begangen. Betroffen war der Leutnant Hanz Lampe vom „Landesausschuss" in

Lauenau. In der damals bestehenden Miliz war er eine Art Führer. Er beabsichtigte in Osterwald ein Pferd zu erwerben. Nach einigen Angaben wurde er auf dem Weg dorthin „auf freier Heerstraße nahe bei Schloß Ricklingen" von sieben berittenen Straßenräubern mit entblößtem Gewehr überfallen.

Einer von den Wegelagerern hatte ihm die für den Pferdekauf bestimmten 39 Taler abgenommen, nachdem er ihn zuvor halb tot geprügelt hatte. Stunden später konnte er sich wieder aus eigener Kraft aufraffen und beim Amt Blumenau darauf dringen, dass nach den üblen Burschen gefahndet wurde. Aufgrund seiner Beschreibung konnte der Räuberhauptmann K., der früher in Gestorf gewohnt und sich vor einiger Zeit ins Schaumburgische abgesetzt hatte, ermittelt werden. Ob man die Täter hat dingfest machen können, wird nicht überliefert. Verdächtig ist der Hinweis auf Schaumburg, weil dessen Grenzen gar nicht weit entfernt gelegen haben. Für die hannoverschen

Untertanen galt das Gebiet damals als Ausland. Es ist daher denkbar, dass die Räuberbande sich diesen Umstand zu Nutze gemacht hat. Den Galgenvögeln war natürlich klar, dass sie mit dem Strick Bekanntschaft machen würden, falls sie gefasst worden wären.

Wegen der Kriegsereignisse hat zu dieser Zeit der Pferdehandel einen gewaltigen Aufschwung genommen. Das Reich wurde im Westen von den Franzosen, im Südosten von den Türken bedroht. Das lässt sich aus den erhaltenen Steuerlisten deutlich ablesen. Zwar ist darin nicht von unsicheren Straßen die Rede, wohl aber wird man mit Verwunderung vermerken, dass plötzlich je ein Pferdehändler in Berenbostel und Schloß Ricklingen, drei in Garbsen und mehr als 20 in Osterwald verzeichnet sind. Zusammen werden im Amt Ricklingen etwa 30 erwähnt (1689). Jedes Ding hat eben zwei Seiten: die Kriege gegen Türken und Franzosen brachten Durchzüge und Kriegswerbung, Unsicherheit und Not auf den Straßen mit. Andererseits führte das Geschehen zum Aufblühen von Pferdezucht und -handel sowie einem gewissen wirtschaftlichen Aufschwung für einen von der Natur stiefmütterlich bedachten Landstrich.

Hans Ehlich

Alligatorenzähne

Vor langer Tied wor in Schloß Ricklingen mol'n Wanderzirkus. Dabie wör do auk'n Inianer als Artist. De harre en gewaltiget Halsband aut Alligatorentähnen.

„Aha", meint de biedere Kastorfs Oma tau den Indianer, „dat is bie jöck wohl sau wat wie bie üsch de Perlen?"

„Nicht ganz", sö de Indianer, „denn Muscheln kann jedes Kind aufmahn, aber Krokodilen die Zähne ausbrechen nicht!"

Oma lachte.

Vor langer Zeit war in Schloß Ricklingen einmal ein Wanderzirkus. Dabei war auch ein Indianer als Artist. Er trug eine gewaltige Halskette aus Alligatorenzähnen.

„Aha", meinte die biedere Oma Kastorf zu dem Indianer, „das ist bei euch wohl so etwas wie bei uns die Perlen?"

„Nicht ganz", sagte der Indianer, „denn Muscheln kann jedes Kind aufsammeln, aber einem Krokodil die Zähne auszubrechen, nicht!"

Oma lachte.

Anton Freytag

32

Das Amt verlangte Gänsefedern von den Bauern

Möglichst jede große Gänsefeder wurde in Ricklingen gesammelt und beim Amt abgegeben. Die Kinder brachten dazu noch viele zu ihrem Lehrer in die Schule, und was der nicht gebrauchte, das ging ebenfalls zur Amtsstube.

Wie viele alljährlich abgegeben werden mussten, ist nicht bekannt. Es mögen aber wohl an die 200 Stück gewesen sein.

Zeichnung Marita Tscherniak

Heute sind wir froh, dass damals mit diesen Federn recht viel geschrieben wurde, denn in den überlieferten alten Schriftstücken spiegelt sich das Leben unserer Vorfahren wieder.

Die zugeschnittene und gespaltene Flügelfeder von Gans oder Schwan, löste im Mittelalter das Schilfrohr (den Calmus) ab, und blieb bis ins 19. Jahrhundert im Gebrauch; dann kam erst die Schreibfeder als gespaltenes, dünnes, gestanztes, gebogenes Metallplättchen auf.

Hans Ulrich

Biersuppe gesünder als Kaffee

Bis zum Ausgang des 18. Jahrhunderts bestand bei uns auf dem Lande das erste Frühstück meist aus einer Mehl-, Milch- oder Biersuppe, indem man Brotstücke einplockte; besser gestellte Bauern aßen auch wohl ein Schmalzbrot dazu. Als zweites Frühstück und

nachmittags als Vesper gab es einen „Knobben", Brot mit einem Stückchen Speck oder selbst gemachtem Handkäse. Dazu trank man etwas Dünnbier, Konfet genannt; die Männer bekamen vielleicht einen Schnaps dazu.

In der zweiten Hälfte des 18. Jahrhunderts bürgerte sich, wie in anderen Ländern, in unserer Heimat nach und nach das Kaffeetrinken ein, womit der Landesherr Georg III., König von Großbritannien und Kurfürst von Hannover, keineswegs einverstanden war, weil ihm das Geld, das für den Kaffee ins Ausland ging, leidtat. Er erließ deshalb im Jahre 1780 ein allgemeines Verbot, auf dem Lande Kaffee zu „consumiren". Den „höheren Ständen" und den Städten wurde der Genuss von Kaffee weiter gestattet. Auf dem Lande durften nur Krüge an großen Poststraßen Kaffee vorrätig haben, sie durften das Getränk jedoch nur für fremde, durchreisende Gäste, nicht aber „für Bauern und niedrige Stände" zubereiten. Begründet wurde diese Maßnahme damit, dass zu viel Geld ins Ausland gehe, dass der zunehmende

Kaffeeverbrauch dem Braugewerbe Abbruch tue und dass der Kaffee gesundheitsschädlich sei.

Ein paar bemerkenswerte Sätze des Kabinettschreibens lauten: „… *es ist abscheulich, wie weit es mit der Consumtion des Kaffees geht, und reichen keine 600.000 Taler, die dafür jährlich aus dem Lande gehen… das macht, ein jeder Bauer und gemeiner Mensch gewöhnt sich jetzt zum Kaffee, weil solcher auf dem Lande so leicht zu haben ist. Wird das ein bisschen eingeschränkt, so müssen sich die Leute wieder an das Bier gewöhnen, und das ist ja zum Besten der eigenen Brauereien… Übrigens sind Seine Königl. Majestät, Höchst Selbst in der Jugend mit Biersuppe erzogen, mithin können die Leute dort ebenso gut mit Biersuppe erzogen werden, das ist viel gesünder wie der Kaffee.*"

Doch gelang es den Landesherren bis heute nicht recht, ihre Landbevölkerung zur Biersuppe zurückzuführen. Als Ersatz für den verbotenen und durch Zoll zu versteuernden Kaffee kam ein bitter – aromatisches Getränk zum Morgen- und Vesperbrot auf, das man aus der gedörrten und dunkelbraun gebrannten Zichorienwurzel herstellte. Auch als zur Zeit der französischen Besetzung und der Befreiungskriege das Kaffeeverbot wegfiel, blieb die große Masse der Bevölkerung bei dem Zichorienkaffee und anderen Ersatzmitteln, die von einer rührigen Industrie billig angeboten wurden und zum Teil im eigenen Haushalte hergestellt werden konnten.

Herrmann Mußmann

Ein Rezept: „*Nehmet roth Bier, thut Milch-Rahm darein, wenn es siedet, so salzet es, thut einen Löffel voll Zucker und Butter daran, richtet es über würfflicht geschnittenes Brodt.*"

Arzt ohne alle Marktschreierei

Wer ernsthaft krank ist, wen das Zipperlein plagt, ganz gleich, welches Leiden er hat – ihm stehen heutzutage in Wunstorf und Umgebung, viele Ärzte zur Verfügung. Deshalb mag einmal die Erinnerung an vergangene Zeiten wachgerufen werden, als ein *„ordentlich examinierten*

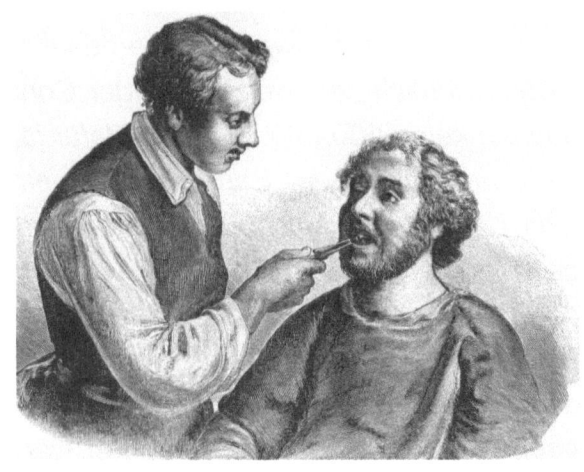

und approbierter Oculista und Operator, Nahmens Andreas Justus Hutterus" durch eine Zettelreklame auch in der Auestadt auf sich aufmerksam machte. Er warb 1693 in Wunstorf mit Zetteln *„Blindheit, Hasenscharten und Brüche zu kurieren".* Dabei wurden dann Heilerfolge erwähnt, die damals im Wunstorf erzielt werden konnten.

Die Bekanntmachung aus dem Jahre 1693 hat die Titelzeile: *„Teutsch gesinneter respective Hochgeehrter wohlafffectionirter Leser!".* Es wird dann von dem Wanderarzt darauf hingewiesen, dass er nicht *"durch verkappte Kleider"* oder durch *„Marktschreyerey"* die Leute herbeizulocken versuche, sondern *„ohne großes Geprale in der Stille zu vieler hohen und niedrigen Standes – Personen Nutzen und Besten"* gewirkt habe. Es sei ihm gelungen, *„sowohl allhier in der Stadt Hannover als zu Wunstorf und anderen nahegelegenen Orten, an Stockblinden, mit Hasenscharten, Brüchen und anderen Gebrechen behaftete Leute, unterschiedlich und Gott Lob rühmliche Specimina und Probstücke"* abzulegen.

„So kan nicht verleugnen, dass auch vorizzo in diesem jetztlaufenden Jahre und zwar am 14. May, abermal einen Knaben von 14 Jahren aus dem benachbarten Dorffer Recklingen, so mit einem abscheulichen Hasenschart zur Welt gebohren gewesen, geschnitten und völlig geheilet, auch nicht weniger eine betagte Frau, so eine geraume Zeit stockblind gewesen und mit dehro lincker Auge in das vierte Jahr nicht sehen können, so gleichfalls am 17. dieses Monats May durch Gottes Gnade vermittels des güldenen Instruments im Gegenwart vieler Menschen zu ihrem Gesichte wiederum gebracht.".

Gewiss haben sich auch aus Wunstorf und Umgebung nach der Bekanntmachung im Frühjahr 1693 viele Kranke auf den Weg gemacht, um von dem in Hannover praktizierenden Wanderarzt behandelt zu werden. Er übte seine Praxis „auf der Osterstraßen im Schusterkruge" aus. Dort konnte man ihn konsultieren, dort war er *„anjetzo anzutreffen in einer eigenen Stuben gleich im Eingange zur rechten Hand".*

Man musste sich wahrscheinlich allerdings sehr früh auf den Weg machen, denn es hieß, *„Daselbst er alle Tage Morgens vor 6 bis Abend zu 8 Uhren allein zu sprechen ist.".*

Arnim Mandel

Der Schatz, ein Märchen, oder?

Nach dem Kirchenbau im Jahre 1694 haben sich natürlich die Ricklinger die Köpfe darüber zerbrochen: „Woher hat nur der gute Amtmann J.G. Voigt für diesen Prachtbau die Mittel genommen? Und dazu hat er auch noch eine Schule und das Pfarrhaus gebaut. Sicherlich hat er einen Schatz gefunden!"

Zeichnung Marita Tscherniak

Und dieser konnte ja nur von dem „Raubritter" Dietrich von Mandelsloh stammen. Da wurde erzählt: „Bei Ausschachtungsarbeiten entdeckte man einen unterirdischen Gang mit einem riesigen Schatz. Der Amtmann und der Maurermeister teilten sich diesen und die Söhne des Meisters kauften sich dann jeder ein Rittergut in Mecklenburg".

Ein anderer vergrabener Schatz des von Mandelsloh, sollte in einer Wiese des Voigts in der Marsch mit der Bezeichnung „Waterloo" gelegen haben.

Im Jahre 1912 sollen auch zwei Herren vom Staatsarchiv Hannover da gewesen sein. Sie hätten eine vergilbte Skizze bei sich gehabt, auf der die Stelle angekreuzt war, wo der Schatz in der Leinmarsch vergraben sein sollte. Es hieß darin „So und so viele Schritte vom Wehr, so viel vom Graben und so viel von der Leine ab." Da die Leine aber im Laufe der Jahrhunderte mehrfach ihr Bett verändert hatte, konnte man sich über die Stelle nicht klar werden. Dann kam der Krieg, und dann soll wohl alles in Vergessenheit geraten sein.

Selbstverständlich drangen die Gerüchte von dem Schatz damals auch an die Obrigkeit. So stellte denn auch der Kurfürstliche Kammermeister Otto Friedrich von Berninger eine schriftliche Rückfrage bei dem Ricklinger Amtmann.

Hierzu berichtet der Chronist Redeker aus Hannover: Voigt blieb eine mutige Antwort nicht schuldig. Er wies nach, dass die Quelle seines Reichtums der Ackerbau war. Vor allem rühmte er dabei den Honiganbau und meinte, dass er fast hochmütig werden könne, stehe er zur Morgenstunde am Fenster und sehe ein großes, mit scharfen Spießen versehenes Heer zu Felde ziehen, welches ungemein größer wäre, als des Königs Armee in Frankreich.

Kaum zu glauben! Wahrscheinlich hatte Voigt für den Ricklinger Sandboden doch schon – vor Liebig – den Kunstdünger erfunden? Noch 1780 bestand die Ackerfläche Ricklingens aus ungefähr nur einem Drittel der heutigen Fläche.

Hans Ulrich

Christoph Friedrich Wedekind

Christoph Friedrich Wedekind mit dem Dichternamen: Chrescentius Koromandel wurde am 15. April 1709 als Sohn des Pastors Wedekind in Schloß Ricklingen geboren. Er hat sich hier aber nur fünf Jahre aufgehalten, da sein Vater nach Schlitz in Hessen versetzt wurde. Zu der Familie Wedekind gehörte später auch der Dichter und Schauspieler Frank Wedekind (1864-1918).

C. R. Wedekind studierte auf der ehemaligen Universität Rinteln die ersten Semester Jura. Göttingen und Helmstedt sind die anschließenden Stationen in Niedersachsen. Es bleiben nicht die letzten. Wedekind reiste kreuz und quer durch Europa, nicht zuletzt deshalb, weil er keinen festen Arbeitgeber finden konnte. Er sagt selbst davon: *„Sprachen hab' ich auch gelernt, mich vom Vaterland entfernt und die Lust, zum Unterweisen, führte mich hier nach auf Reisen"*. Selbst ein devotes, durch Ironie gemildertes Bittgedicht, um Arbeit an den großen Friedrich (Friedrich II. von Preußen), nutzte nichts. Immerhin schafft er es später doch, herzoglicher Hofrat in Holstein zu werden.

In der Zeit, als er – Kriegsschreiber eines Holsteiner Prinzen, eines Regimentschefs bei Friedrich war, entstand auch das Lied vom „Krambambuli". Wedekind fand anscheinend in den Feldquartieren des Jahres 1745, kurz vor Schluss der Schlesischen Kriege, Muße genug, seine Lebensphilosophie und den Unmut über Politiker, Theologen, Rechtsgelehrte und Gastwirte in kunstvolle Reime zu verpacken. Es entstanden 1745 nach einem länglichen „Vorbericht" 102 Verse des Krambambuli "Lobgedichtes über die Gebrannten Wasser im Lachs zu Danzig". Später erschien ein Gedichtband „Koromandels nebenstündiger Zeitvertreib in Deutschen Gedichten", er hatte 560 Seiten und bringt 469 Gedichte. Koromandel – Wedekind gehörte der von seinem berühmten Zeitgenossen, dem Schriftsteller und Gelehrten Johann Christoph Gottsched, gebildeten „Deutschen Gesellschaft" in Göttingen an. Diesem literarisch gebildeten Mann hat er auch zahlreiche Gedichte vorgelegt und um ein Urteil gebeten.

Der Ricklinger Pastorensohn starb am 3. Oktober 1777 in Kiel und wurde dort in der Klosterkirche beigesetzt. Die Gemeinde hat ihm zu Ehren einen Weg benannt.

Dr. Herbert Kater

Krambambuli (von „Kranewitt" = Wacholder), ursprünglich ein Lautspiel um den Danziger Wacholderbranntwein, dann Schnaps, den man anzündete und in den man ein Zuckerstück von einer Gabel hineintropfen ließ.

Den Gutshof der Familie von Wedekind findet man in der Ortschaft Horst.

Gedenkstein Gemarkung Horst 2025 (Foto Ulla von Fehrn-Stender)

Kein großer Trieb zu Kriegs-Diensten

Seit dem 16. Jahrhundert gab es in den Hannöverschen Landen den so genannten Ausschuss. Er war in Kompanien zusammengefasst und bestand aus Wehrfähigen, die zu regelmäßigen Übungen zusammenkamen. Das Amt Ricklingen hatte zeitweise dem „Neustädter Ausschuss" angehört, bildete aber um 1750 zusammen mit Langenhagen und Bokeloh eine Truppe von 122 Mann.

Drohte ein Krieg, oder rücken die königlichen Soldaten ins Feld, so griff man regelmäßig auf diese „Ausschösser" zurück, um die Reihe der Linienregimente aufzufüllen. In Kriegszeiten haben sie oft nicht ausgereicht, um dieser Aufgabe gerecht zu werden. Dann schickte man Werber ins Land oder forderte alle jungen Männer auf, sich zu stellen.

Aus zeitgenössischen Aufzeichnungen lässt sich entnehmen, dass solche Aufrufe nur selten oder sehr zögernd befolgt worden sind. Im Gegenteil – sie führten gewöhnlich zu einem allgemeinen Flüchten und Ausreißen der 20-30 Jahre jungen Männer. Das hatte zur Folge, das Amt und Regierung zu harten Maßnahmen griffen. Die Entwichenen sollten ihr Erbteil verlieren, wie Deserteure behandelt werden, die Eltern in Arrest genommen werden, bis sich die Söhne stellten. Hausdurchsuchung und Überfälle der Vögte waren an der Tagesordnung. Aus der Zeit zwischen 1690 und 1803 liegen hierüber eine Fülle von Nachrichten aus dem Bereich der Stadt Garbsen vor.

Nachdem sich im zweiten bis vierten Jahrzehnt des 18. Jahrhunderts die Lage etwas beruhigt hatte, zogen durch die Schlesischen Kriege, um 1740 neue Kriegsgefahren herauf zu. In Hannover wurde bekannt gemacht, dass jede Kompanie des Heeres um 14 Mann zu verstärken sei. Das Amt Ricklingen sollte 28 Rekruten liefern. Am 6. September 1741 meldete der Amtmann Kruse, es seien *so viele weggelaufen, dass nunmehr noch 16 fehlen"*. Die Eltern verhielten sich widerspenstig und unterstützten die Flucht der Söhne – sie besäßen einen vorzüglichen Nachrichtendienst, was sich zeigte, sobald er seine Vögte ausschickte. Wenn er 50 Mann damit beauftragte, würden sie nicht einen einzigen fassen. Bei ihnen hätte man die Fahndung bis hinter Bremen, Oldenburg und Emden durchführen müssen – ins damalige Ausland.

Sehr deutlich kennzeichnete eine schriftliche Äußerung des Hofrats von Lenthe die Lage. Er betont in seinem Briefe *„bei hiesigen Landes-Kindern (sei) kein großer Trieb zu Kriegs-Diensten"* vorhanden. Der Appell des Ministers von Münchhausen, die Pflicht fürs Vaterland zu tun und die Heimat zu verteidigen, verhallte ungehört. Ebenso wenig hatte er damit Erfolg, dass er zweite Söhne von Bauernhöfen mit Neubauernstellen zu locken versuchte, die Dienstzeit während des Krieges auf zwei Jahre begrenzte und Invaliden eine feste Pension in Aussicht stellte.

Am 4. September 1755 schrieb man aus Hannover, von den Ricklinger Rekruten hätte man keinen behalten; sie wären sämtlich untauglich. Ein Jahr danach befahl der Minister von Münchhausen, es sollte alles getan werden, die Leute zu beruhigen und vom Flüchten abzuhalten, sobald die Aushebungen beendet wären. Dieser Befehl vom grünen Tisch mochte gut gemeint sein – die Praxis sah anders aus. Die Vögte des Amtes Ricklingen benutzten Späher, gebrauchten Gewalt und List und scheuten nicht davor zurück, selbst nachts in die Häuser einzudringen, Überfälle durchzuführen und die flüchtigen Männer zu binden, ihre Angehörigen in den Kerker zu werfen.

Hans Ehlich

Leineschifffahrt: Ein Blick in die Vergangenheit

Die Leine war einst eine geschäftige Wasserstraße, doch nur wenige Berichte über die Schifffahrt sind erhalten geblieben. Einer der seltenen Hinweise stammt aus dem Jahr 1689: Der Sohn eines Garbsener Kötners namens Dettmering erlebte ein Schiffsunglück aus nächster Nähe – und der Schock war so groß, dass er vor Entsetzen ohnmächtig wurde.

Bereits um 1400 kämpfte die Stadt Hannover darum, die Leine als Handelsroute bis nach Bremen nutzbar zu machen. Dies geschah vor dem Hintergrund eines florierenden Kornhandels. Während auf dem Hinweg ausschließlich Getreide transportiert wurde, brachten die Bremer Schiffe – liebevoll „Böcke" und „Bullen" genannt – Fisch, Butter, Käse, Pelze und andere Waren zurück. In guten Jahren zogen etwa 30 Schiffszüge die Leine hinab, doch bei niedrigem Wasserstand oder im Winter ruhte der Verkehr.

Die Bewohner von Garbsen waren dabei nur Zuschauer, denn vertraglich war geregelt, dass zwischen Neustadt und dem Stapelplatz in Hannover keine Waren umgeschlagen werden durften. Besonders an den Schleusen in Marienwerder und Lohnde dürfte das Treiben auf dem Fluss ein faszinierendes Schauspiel gewesen sein – bis die Bauwerke schließlich dem Verfall anheimfielen.

Doch nicht nur das Wasser selbst stellte Herausforderungen dar. Die Grundstückseigentümer entlang des Ufers mussten den Treidelpfad in Schuss halten, Büsche und Bäume entfernen und sogar Tore in ihre Zäune einbauen. Häufig gab es Streitigkeiten über Flurschäden, die die Pferde der Schiffer hinterließen. Seit 1800 reisten deshalb sogenannte Achtsmänner mit, um solche Probleme direkt vor Ort zu klären.

Die Regierung in Hannover versuchte im Jahr 1754, die Treidelwege verbindlich zu regeln. In einem offiziellen Schreiben wurden die Ämter

Ricklingen, Blumenau und Langenhagen dazu aufgefordert, ihre Einschätzungen abzugeben – ein weiteres Beispiel für die komplizierte Verwaltung des Wasserverkehrs.

Die letzten Tage der Leineschifffahrt

Über lange Zeit war die Schifffahrt fest in Bremer Händen. Ein Schiffszug bestand meist aus einem großen Hauptschiff, dem „Bock", und bis zu zwei „Achterhängen" – Anhängern, die mit Seilen verbunden waren. Die Schiffe waren beachtlich: Rund 35 Meter lang, 5 Meter breit und mit bis zu 60 Tonnen beladen, hatten sie einen Tiefgang von über einem Meter. Für die Strecke von Bremen nach Hannover benötigten die Schiffer etwa neun Tage, für die Rückfahrt mit der Strömung nur drei bis vier.

Auch der bekannte Unternehmer J. Egestorff, Gründer des Lindener Hafens, nutzte die Leine, um Baumaterialien und Eisenbeschläge aus Linden nach Norden zu transportieren. Doch mit der Eröffnung der Eisenbahnlinie um 1800 begann der Niedergang der Schifffahrt. Bis 1870 kamen die Schiffe schließlich vollständig zum Stillstand – trotz diverser Versuche, den Fluss durch Bauarbeiten oder Schleppschiffe wieder zu beleben.

Heute hat die Leine ihre Bedeutung als Handelsweg längst verloren. Stattdessen übernimmt der Mittellandkanal diese Funktion. Was bleibt, ist die Erinnerung an eine Zeit, in der schwer beladene Kähne mühsam flussaufwärts gezogen wurden und die Leine das Rückgrat eines blühenden Handels war.

Eberhard Freiherr von Brandis

Nach der Verlegung des Amtes Ricklingen im Jahre 1852 nach Neustadt wurde das nun frei gewordene Amtsgebäude von dem hannoverschen Kriegsminister Eberhard von Brandis bezogen. Dieser wurde 1795 in Hildesheim geboren und stammte von Joachim Brandis ab, der im 16. Jahrhundert Bürgermeister in Hildesheim war. Brandis besuchte in Winchester eine Schule für die Söhne der hannoverschen Legionsoffiziere. Als Zwölfjähriger trat er schon 1806 in die Britisch – Hannoversche Legion ein. Da die „Triangel Jungens" nicht vereidigt wurden, konnte es vorkommen, dass er als Offizier bis ins späte Alter nicht vereidigt worden war.

1807 wurde er Fähnrich, 1809 Leutnant. Von 1808-1813 war er an den Kämpfen in Spanien und Portugal beteiligt. Sein Vater starb 1809 als Kapitän der Legion in Portugal. 1851 war er Generalmajor und Kommandant der 1. Infanterie – Brigade. Er verließ nicht ohne Bedauern den Truppendienst und wurde Kriegsminister.

1852 bezog er dann das Schloss, 1858 wurde er zum Freiherrn ernannt. Leider versäumte er aber zusammen mit dem Minister des Auswärtigen von Platen–Hallermund durch Zögern die Einladung zur Genfer Konvention. So fand der Krieg 1866, obwohl König Georg V. der Konvention zustimmte, ohne den Schutz des „Roten Kreuzes" statt. 1866 begleitete er den König zunächst nach Österreich, kehrte dann aber auf seinen Landsitz nach Schloß Ricklingen zurück, wo er 1884 starb. Sein Biograf berichtet, dass er sich durch persönliche Liebenswürdigkeit und durch sein Wohlwollen gegenüber jedermann ausgezeichnet habe.

Hans Sagatz

Er wurde in der Gruft in der Nähe des südlichen Kircheneingangs neben seiner schon 1882 verstorbenen Gattin Louise geb. von Lenthe beigesetzt. Er muss sie wohl sehr geliebt haben, denn es geht die Sage, dass er in die Trennwand zwischen sich und seiner Gemahlin habe ein Fenster einsetzen lassen, damit sie sich am Tage der Auferstehung gleich sehen könnten.

Hans Ulrich

Grabstein auf dem Kirchhof 2025 (Foto Henrik von Fehrn-Stender)

Staatenloser August von Brandis

General Eberhard von Brandis, der letzte königlich hannoversche Kriegsminister, war in besonderer Weise mit Schloß Ricklingen verbunden. Er hat hier länger gewohnt und auch die letzte Ruhestätte gefunden. Hier soll jedoch nicht von ihm, sondern einem Sohn des altgedienten Mannes die Rede sein. Baron August von Brandis wandte sich nämlich am 22. Januar 1869 an die preußische Bezirksregierung in Hannover und bat um die Genehmigung seiner Niederlassung in Schloß Ricklingen und die Ausstellung eines Heimatscheines.

Zum besseren Verständnis müssen wir zunächst die äußeren Umstände kennen lernen. August von Brandis war etwa um 1815 geboren und hatte offenbar seine Jugend in Hannover verlebt. 1836 trat er in österreichische Dienste ein. 22 Jahre trug er die k.u.k. Uniform, ohne es dabei zu besonderen Ehren zu bringen.

Zuletzt war er nicht etwa in Wien, sondern in der tiefsten Provinz stationiert und Hauptmann im 42. Linieninfanterieregiment zu Leitmeritz bei Prag gewesen. Dann nahm er seinen Abschied und fand daran Gefallen, ausgiebig das Kaiserreich Russland zu bereisen, wozu er sich zehn Jahre Zeit nahm. 1868 kehrte er dann über Berlin und Dresden in die alte Heimat zurück, die seit zwei Jahren zu Preußen gehörte. Aus den Unterlagen ist zu entnehmen, dass er allein und ohne Familie kam, doch es wird nicht gesagt, ob er ledig war oder sich von früheren Angehörigen getrennt hatte. Doch nun begannen die Schwierigkeiten für den Herrn Baron.

Für damalige Verhältnisse musste er als weit gereist gelten, doch mit seiner wirtschaftlichen Lage sah es offenbar nicht gerade rosig aus. Vielleicht gerade wegen der ausgedehnten Reisen – kurz, er galt als vermögenslos, wenn auch als „Gentleman von gereiften Erfahrungen und seltener Ausbildung", wie es der damalige Amtmann von Ribbentrop in Neustadt ausdrückte.

Aber dann kam ein Haken. Geld mochte die Familie in Schloß Ricklingen ja noch für den verlorenen und wiedergekehrten Sohn übrig haben, aber sie konnte ihm nicht zu den für weitere Reisen oder Unternehmungen wichtigen Papieren verhelfen. Nach derzeitigem Recht galt er als staaten- und heimatlos, weder war er wie einst hannoverscher oder jetzt preußischer Untertan noch Staatsangehöriger der Donaumonarchie, geschweige denn Russe – er war nach seiner Heimkehr ein Nichts.

Es war einfach eine verfahrene Sache. Als er in österreichische Dienste getreten war, schied er damit aus „dem hannöverschen Unterthanenverband" aus, wurde jedoch dadurch nicht zum Österreicher. Die k.u.k. Bezirkshauptmannschaft in Leitmeritz in Böhmen erwiderte ihm auf seine Anfrage am 1. März 1869 Folgendes: als Ausländer hätte er im k.u.k. – Heer mitnichten automatisch auch die

österreichische Stadtangehörigkeit erworben, weil das aufgrund des Paragraphen 29 und der kaiserlichen Entschließung vom 25. August 1818 keineswegs angängig wäre. Man bedaure, bitte schön, dem Herrn

Fotomontage Regina Schiewe

Baron nicht dienen zu können. Nun war also die preußische Bezirksregierung Hannover am Zuge. Ob die ihm zu Papieren und Reisepass verhelfen konnte?

Es war schon eine Sache für Staatsrechtler. Der Jurist der Regierung bedeutete dem Baron: Nach unserer Sicht waren Sie mit ihrem Eintritt in den fremden „Militärdienst" kein Hannoveraner mehr. Die Nachricht aus Leitmeritz besagt, dass Sie kein Österreicher geworden sind. Nun besteht einzig und allein die Möglichkeit, dass Sie ihre Wiederaufnahme in den Hannöverschen – jetzt preußischen Unterthanenverband beantragen. Das ist jedoch zurzeit nicht möglich, weil die Bestimmung des Gesetzes über Freizügigkeit auf Sie keine Anwendung finden kann. Also weder Hannoveraner noch Preuße noch Österreicher– zum Donnerwetter, was war er dann?

Trotz preußischer Bürokratie – er wollte nicht gewissermaßen als Mann ohne Schatten herumlaufen. Man gab dem Baron den Wink, er möchte sich bei der Gemeinde Schloß Ricklingen darum bekümmern, dass diese sich dahingehend erklärte, sie wollte ihn als Gemeindemitglied aufnehmen, dann könnte man in Hannover auch die Freizügigkeit für ihn gelten lassen.

Das ist dann am 8. März 1869 durch ein Schreiben des Ortsvorstehers Heide im Auftrag des Dorfes geschehen. Und ein paar Wochen später hatte August von Brandis ein Papier in den Händen, dass seine „Wiederaufnahme in den preußischen Unterthanenverband" besiegelte.

Hans Ehlich

Hausfrauen – Sorge nach dem Siebenjährigen Krieg

Ich weiß mit Wahrheit nicht, wie eine ehrliche Hausfrau, diesen Winter (1770), sich mit ihrem Haushalt noch durchbringen will, da alles, was zur Leibesnotdurft und Nahrung gehöret, immer teurer wird und so wenig aus Holland als Ostfriesland Butter vor Geld zu bekommen ist.

Dabei nimmt der Unglaube so sehr überhand, dass auch das Gesinde die Furcht Gottes ganz außer Augen setzt und sich nicht mehr mit redlicher Kost begnügen will. Wo die Schweine es nicht noch einigermaßen wieder gutmachen: so sehe ich keinen Rat. Denn das eingeschlachtete Kuhfleisch verschwindet im Topfe, und fettes Vieh will man wegen der leidigen Seuche noch nicht durchlassen. Talk und Käse sind natürlicherweise auch gestiegen; und die Ostfriesen werden uns ihre Rübeöl teuer genug verkaufen wollen, da der Walfischfang in diesem Jahr so schlecht ausgefallen ist. Alles wird aufs liebe Brod fallen, und dieses ist uns leider heuer so sparsam zu gewogen, dass man es den Arbeitsleuten wohl wieder zuwägen möchte. Kurz, wer dieses Jahr mit Ehren durchkömmt der kann von Glücke sagen.

Das Schlimmste, bei dem Allen ist, dass das Gesinde in hiesigen Gegenden immer gleich üppig und kostbar bleibt und durch keine Ermahnungen dahin zu bringen ist, sich mit Brod und Käse ohne Butter zu begnügen. Anderwärts hat man Birnenmus, Schwätzgenmus und Möhrensaft statt Butter; in Frankreich sind eine Zwiebel und drei Kastanien eine herrliche Mahlzeit; aber hier weiß man von dem allen nichts, und ohnerachtet sich ganze Heere von Staren in unseren Gegenden zeigten; so hat man sich doch nicht die Mühe gegeben, sie zu fangen und für den Winter in Essig zu setzen.

Justus Möser

Das erste Fährschiff

Das erste Fährschiff bei Schloß Ricklingen war früher wohl ein Floß aus Baumstämmen. Unsere Fähre war eine Seilfähre, man nannte sie bis in die jüngste Zeit „Flöte", vielleicht hängt auch „flottmachen" damit zusammen. Dieses Flottmachen war gar nicht einfach, besonders wenn ein Wagen mit Gespann darauf stand. Eine Rolle verband die Fähre mit einem dicken Fährseil, das über die Leine gespannt war. An diesem wurde sie dann ans andere Ufer gezogen und gestakt.

Tönte aber das „Hü" und „Ho" den Schifferpfad hinauf und es erschien um die Flussbiegung zuerst auf beiden Ufern je drei Pferde, dann ein Mastenschiff, das durch zwei lange Taue mit den Gäulen in Verbindung stand und zwei angehängte Kähne die als Achterkähne bezeichnet wurden - musste schnell das Fährseil mit einem dicken Stein belastet werden, um es am Grund festzuhalten, bis das Schiff ungehindert durchgefahren war. Auf dem großen Kahn, der auch Eiche hieß, stand dann der Schifferbaas am Steuerruder und grüßte den Fährmann.

Manchmal wurden die Schiffe am Ufer auch von einer Schar Kinder begleitet, die sich das nicht allzu häufige Schauspiel nicht entgehen lassen wollten.

Aufregung gab es immer, wenn Flussschiffe das dicke Teerseil, das viele Taler kostete, zerrissen. Dann war eine Buße einzuholen.

Zur Personenbeförderung gab es aber ein kleineres Boot. Soldaten ohne gültige Pässe, Zigeuner und verdächtige Personen musste der Fährmann zurückweisen. In der letzten Zeit mussten die Einheimischen 3 Pfennige und die Fremden 5 Pfennige zahlen. Die Kurfürstliche Kammer, als Herrin der öffentlichen Gewässer, verlangte im Jahr 1806 vom Fährmann ein Pachtgeld von 50 Talern.

… da musste er schon einige Fahrten machen, um das wieder drin zu haben.

Für ihre Fähre waren die Ricklinger zu Opfern bereit

Die Notwendigkeit, eine Verbindung zum anderen Leineufer herzustellen, war von dem Amt Ricklingen schon frühzeitig erkannt worden. Man hatte ebenso wie die Untertanen starke Bindung nach Blumenau, Wunstorf

Fähre von Schloß Ricklingen vor 1894 (Foto)

und dem Deister Vorland. Im 17. Jahrhundert wurde eine Fähre für Waren und Personen eingerichtet, die vom Amt unterhalten, betrieben und verpachtet wurde. Der Übergang wurde von den Besuchern der Stadt und des Marktes Wunstorf gern benutzt. Salzfahrer, Koppelknechte aus Osterwald und fahrende Händler zogen hinüber und herüber. Nicht selten ließen sich Soldaten zu Kriegsübungen befördern. Auch im siebenjährigen Krieg und während der beiden französischen Besetzungen des Landes hatte die Fähre eine wichtige Bedeutung.

Als erste Pächterin des Fährbetriebes wurde im Jahre 1803 die Witwe Beensen vermerkt. Ihr Schwiegersohn, Konrad Bradenstahl und viele seiner Nachfahren übernahmen das Amt der Fährleute: Christian Bradenstahl, Heinrich Friedrich Bradenstahl, Friedrich Christian Wilhelm Bradenstahl.

Ein Fährschiff hatte recht stattliche Ausmaße. Die Länge betrug 14,70m und die Breite 3,20 m.

Die Kosten einer Überfahrt betrugen pro Person 4 Pfennig, Reiter 2 Groschen und ein Fuhrwerk 4 Groschen. Bei Hochwasser erhöhte sich das Fährgeld auf das Doppelte. Ein schlechtes Geschäft für den Fährmann war das Befördern von z.B. Amtspersonen, Soldaten und der Post. Diese mussten unentgeltlich ans andere Ufer gebracht werden.

Im Jahre 1807 waren sieben Wochen lang französische Truppen in Schloss Ricklingen einquartiert. Jeden Tag wurde eine Ordonnanz nach Loccum gesandt oder von dort empfangen und außerdem mussten jede Woche zwei Wagen Nahrungsmittel aus Wunstorf geholt werden. In diesen sieben Wochen hat die Fähre 534 Pferde und 70 Wagen samt Soldaten übergesetzt, was allein einen Verlust von mehr als 37 Talern ausmachte.

Auch als im Winter 1809 die Leine zugefroren war und jeder übers Eis ans andere Ufer kam, entstand dem Pächter ein riesiger Verdienstausfall. Die Fährschiffe und Kähne waren danach arg beschädigt und es wurde ein neues Fährschiff in Auftrag gegeben.

Auch wurde die Direktion in Hannover gebeten, das Fährseil und das Fährhaus in Ordnung bringen zu lassen. Etwas 200 Taler hätte das gekostet. Es wurde aber abgelehnt.

Das war sehr deutlich und konnte nur dazu führen, dass die Leute in Schloß Ricklingen um ihre Fähre bangen mussten. Wollten sie die Einrichtung aber erhalten, so bedeutete das Opfer von allen Beteiligten.

Das strohgedeckte Fährhaus wurde aus Fachwerk auf einem Steingrund erbaut, und maß 11 × 10 m. Die Stube hatte einen Boden aus Steinplatten, einen eisernen Ofen und zwei Fenster. Kammer und

Küche waren nur mit Lehmfußboden ausgestattet. An der Diele gab es einen Kuhstall. Im Giebel, der von der Diele aus über eine Treppe zu erreichen war, hatte man zwei weitere Kammern mit gedielten Böden eingerichtet. Jede besaß ein Fenster. In der ziegelgedeckten Scheune gab es neben dem Abtritt auch einen Schweinekoben.

Das große Fährschiff maß etwa 15 × 3 m, war sehr schadhaft und sollte sofort an Land gezogen werden, um es hier zu dichten. Der kleine Kahn war unbrauchbar, weil das Seil verrottet war. Außerdem verzeichnete man zwei Schiffsböcke, das Windenhaus und einen Windenpfahl.

Einen Garten, eineinhalb Morgen groß der Grasgarten mit 60 Weidenbäumen, einen Morgen Wiese und eineinhalb Morgen Acker bildeten die zugehörige landwirtschaftliche Fläche, auf der die Pächter Haushalt und Vieh versorgen konnten.

Man schätzte, die Instandsetzung von Gebäuden und Fahrzeugen würden fast 400 Taler kosten.

Entsprechend der Anregung des Domänendirektors setzte man mit dem Fährmann Bradenstahl einen Vertrag auf, der von 1810-1820 gültig sein sollte. Für den ungewöhnlich langen Zeitraum überließ man ihm den Dienst des Fährschiffes unter der Voraussetzung, dass er alle Teile reparierte. Daneben wollte er das Sandräumen in der Leine durchführen.

Das Pachtgeld durfte er behalten, doch es war ihm untersagt, es zu erhöhen. Dagegen mussten die Leute von Ricklingen den Fährdamm unterhalten, dürften aber einen ermäßigten Tarif in Anspruch nehmen.

Es wurde bemängelt, dass die Ortschaft Luthe ihren Weg zur Fähre nicht in Ordnung halten würde.

Im Falle von unvorhergesehenen Unglücksfällen sollte Bradenstahl von Amt und Dorf eine Vergütung beanspruchen können. Der Fährmann konnte noch einen Erfolg verbuchen: Ihm wurde die Leine Fischerei unentgeltlich überlassen. Für damalige Zeiten sicher eine lohnende Zugabe.

Man musste ihn offenbar mit allerlei Annehmlichkeiten förmlich zu diesem Vertragsabschluss überreden. Keiner kam aber ungerupft davon: weder das Amt noch das Dorf oder der Fährmann selbst.

Wahrscheinlich hatten die Drohung den Übergang eingehen zu lassen, in zähen Verhandlungen diesen Kompromiss zustande gebracht.

Man durfte noch lange Jahre in Ricklingen „Hohl über" rufen, um den Fluss gemächlich zu überqueren.

Nach Hans Ehlich und Franz Wollny

Zeichnung Christine Philippi

Das Schäfergrab

Oft werde ich gefragt, was das denn für eine seltsame Anschrift wäre „Am Schäfergrab"?, dann erzähle ich die Geschichte, woher unserer Straße ihren Namen hat. Aufgeschrieben hat sie Hans Ulrich.

Auf den langgestreckten Leinewiesen, der Marsch zwischen Schloß Ricklingen und Havelse bis hinter das Brandmoor Richtung Bordenau, gab es bis zu Anfang des letzten Jahrhunderts große Schafsherden, die bis zu 2000 Schafe hatten. In Schloß Ricklingen lebten im 18. Jahrhundert zwei Schäfer: der Christian Baumgarten, der eine große Herde hatte und deshalb „großer Schäfer" genannt wurde und der Koopmann Mortfeld, der eine kleinere Herde hatte und „kleiner Schäfer" hieß. Es hätten beide ihr Auskommen haben können, Platz genug gab es, doch sie waren einander nicht grün. Beide liebten das gleiche Mädchen und sie hatte bisher keinem ihr Herz geschenkt.

Da geschah es, dass eines schönen Sommerabends der große Schäfer mit seiner Herde links am Wege, dort wo es von Schloß Ricklingen aus nach Horst ging, am großen Sandberge rastete – gleich hinter den Häusern von Laudi und Plinke. Der Hund lief um die Herde herum und hielt sie nahe bei, so dass der Schäfer sich eine ruhige Pfeife anzünden konnte. Bald darauf sah er vom Kiebitzmoor übers Brandmoor den kleinen Schäfer herankommen und nicht weit von ihm rasten. Mit langen Schritten kam er zu ihm heran und sprach ihn an. „Großer Schäfer, ich wills Dir gleich als Erstes sagen: Heute noch werde ich zu ihr gehen, dem Mädchen, dass wir beide lieben, und um ihre Hand anhalten. Ich glaube, sie ist mir wohl gesonnen – so steh uns denn nicht im Wege". Der große Schäfer legte seine Pfeife zur Seite, nahm seinen Stab und stellte sich vor den kleinen Schäfer. „Das denkst auch nur Du. Sie wird meine Braut werden! Ich habe schließlich viel mehr Schafe als Du und werde nicht zu Unrecht „großer Schäfer" genannt. Das wird ihren Vater überzeugen", lächelte er siegesgewiss. „Sie wird die Meine werden!", entgegnete der kleine Schäfer und erhob drohend seinen Schäferstab „Wir wollen um sie kämpfen!"

„Sei es drum", entgegnete der große Schäfer, „das ist gutes Recht" und erhob gleichermaßen seinen Schäferstab. Sie liefen umeinander, erst traf der eine, dann der andere. Wütend bellten die Hunde, so dass die Schafe ziellos durcheinanderliefen –

doch die beiden Schäfer bemerkten es nicht. Keiner wollte sich geschlagen geben, heute sollte es entschieden sein. Bald spuckte der große Schäfer zwei Zähne aus und das Blut lief ihm übers Kinn, bald stürzte der kleine Schäfer und fühlte, dass sein Knie zertrümmert war. Auch die Hunde hatten sich ineinander verbissen und ließen nicht los. So ging es manche Stunde und ehe der Mond untergegangen war, lagen sie beide tot auf dem Sandberge, der eine rechts, der andere links und die Hunde neben ihnen.

Die Schloß Ricklinger sahen es mit Schrecken am nächsten Morgen und der Pastor entschied sofort, dass sie, ob dieser unchristlichen Tat, nicht auf dem geheiligten Kirchhof beerdigt werden konnten. So wurden sie just an der Stelle zur Ruhe gebettet, wo sie sich denn erschlagen hatten. Das Mädchen pflanzte für jeden eine Birke und kam jeden Abend, um sie mit Wasser und ihren Tränen zu benetzen. Sie wuchsen heran und ob ihrer Liebe zu beiden geschah es, dass sie sich zu einer Birke vereinigten und als einzelner großer Baum am Sandberge herausragte.

Dieser Baum wurde als Naturdenkmal geschützt und blieb erhalten, auch als dort 1985 ein großes Neubaugebiet erschlossen wurde. Die Straße am Schäfergrab endet in einem Wendekreis, dessen herausragender Punkt eine große Birke ist.

Und wisst ihr, warum ich so sicher bin, dass die Geschichte wahr ist?

Vor ein paar Jahren kam das Grünflächenamt die Birke zu prüfen. Anscheinend gab es dort niemanden, der die Geschichte kannte, denn der Baum wurde als gefährlich betrachtet und anstatt ihn abzustützen, einfach gefällt. Doch vorher wurde notiert, was das Problem des Baumes war: Er war aus zwei Schösslingen entstanden und deshalb nicht so stabil wie andere. Heute steht dort wieder eine Birke, doch nicht mehr die aus den zwei Schösslingen, die das Mädchen gepflanzt hatte.

Hans Ulrich, bearbeitet von Regina Thiele

Der Scherenschleifer und die Bären

Wenn im Winter die ersten Schneestürme ins Moor kamen, brachte der Schäfer die Schafe den Garbsener Verwandten in den Heimatstall zurück.

Mit einigen Ricklingern, die als Helfer mitgingen, zogen sie dann mit unseren Schafen nach dem Mittagessen durch den Garbsener Wald. Meine Großeltern fuhren mit dem Kutschwagen nach. Wenn es nicht gar zu kalt war, durften die jüngsten Kinder mit. Meist legten sie die Fahrt auf den Geburtstag des Onkels, dem Inhaber der Gastwirtschaft Baumgarten. An diesem Geburtstag feierten die Verwandten in der guten Stube.

Meine Mutter und zwei jüngere Brüder spielten mit den Vettern und Cousinen Karten: „Leben und Tod" und machten sich im Ofen Bratäpfel. Nachdem alle Schafe im Stall waren, gab es für den Schäfer und seine Helfer eine große Pfanne voll Bratkartoffeln in der Gaststube. Dabei ging auch schon die Schnapsflasche reihum. So nach und nach kamen die Garbsener Stammgäste und die Stimmung stieg immer mehr.

An einem Ecktisch saß der in allen Dörfern bekannte Scherenschleifer. Er zog trotz seines hinkenden Beines von Ort zu Ort, um Geld zu verdienen. Alle wussten, dass er in Linden eine große Familie zu ernähren hatte. Als er dankend den dargebotenen Schnaps ablehnte, weil er noch durch den Wald nach Ricklingen wollte, rief der Schäfer: „Mann, du kannst doch nicht allein im Dunkeln durch den Garbsener Wald gehen. Weißt du denn nicht, dass es dort noch Bären gibt?"

Und dann erzählte er schaurige Geschichten von gerissenem Vieh und Menschen, die noch soeben den Bären entkommen waren. Der Scherenschleifer war ganz still geworden. Dann sagte er: „Aber im Winter, da friert das Moor doch zu. Sind denn die Tiere nicht wegzukriegen?" „Nein!", rief der Schäfer, „da ziehen sie sich ins Lichtenmoor zurück und dort geht niemand hin." Anschließend gab es ein großes Hallodria und bei jeder Runde riefen die Zecher: „Prost auf die Tiere, die nicht wegzukriegen sind."

Der Scherenschleifer verließ in der Zwischenzeit die Gaststube und klopfte an die Tür der guten Stube. Er erzählte, was er in der Gaststube gehört hatte und bat um ein Strohlager für die Nacht. Mein Großvater schimpfte mit ihm, dass er an solchen Unsinn glaubte und bot ihm an, auf dem Kutschwagen mitzufahren. Aber er dankte und wollte lieber im Stroh schlafen, da er bei seiner großen Familie sein Leben nicht riskieren könne. Meine Mutter hatte alles mitgehört und wäre auch lieber bei den Verwandten geblieben. Inzwischen war die Gaststätte auch leer geworden. Die Zecher lagen alle im Stroh neben dem Pferdestall und schliefen ihren Rausch aus. Meine Mutter wurde in Decken eingepackt und saß mit Mutter und Brüdern hinten im Wagen. Vorne auf dem Wagen saßen mein Großvater und der alte  Bolte, Letzterer lenkte die Pferde. Die Wagenlampen warfen komische Schatten und meine Mutter dachte voller Angst an die Graft, denn dort an der alten Lönskiefer hatten die Tauben ihren Schlafbaum und flogen beim leisesten Geräusch einige Bäume weiter. Das war immer so gruselig.

Als sie beim Graftgraben ankamen, hörte meine Mutter deutliche

Hilferufe und dachte sofort an die Bären. Meine Großmutter wollte sie beruhigen, aber sie war vorne auf dem Wagen zu meinem Großvater geklettert, der ließ anhalten und nun hörten die Männer auch die Hilferufe. Sie nahmen eine der Wagenlaternen und gingen dem Rufen nach. Am Rande des Waldes entdeckten sie einen Holzrückmann. Er war in der Dunkelheit mit seinem Pferd vom Weg abgekommen und das arme Tier drohte im Morast zu versinken. Er konnte es allein nicht auf den festen Boden bekommen. Großvater blieb an der Unglücksstelle. Der alte Bolte und der Holzrücker spannten die Pferde aus und nahmen sie zur Hilfe mit. Nach einiger Zeit hatten sie das versinkende Pferd gerettet.

Meiner Mutter kam es wie eine Ewigkeit vor. Dem Pferd wurden Decken umgebunden und dann nahmen sie es mit bis zur Mühle. Dort weckten sie den Müller und das Pferd und sein Besitzer bekamen einen warmen Stall. Die Müllersfrau schenkte allen einen großen Schlehenschnaps ein. Die Kinder bekamen eine Handvoll getrockneter Zwetschen. Als sie endlich zu Hause ankamen, war unser Mädchen, das treue Dinchen, noch wach, hatte das Feuer in Gang gehalten und brachte meine Mutter und die Brüder mit einem Wärmstein in ihre Betten.

Als am nächsten Morgen der Scherenschleifer auf den Hof kam und die nächtlichen Erlebnisse hörte, meinte er, das Pferd sei vor Angst durch die Witterung der Bären ins Unglück gekommen, denn die Pferde seien viel klüger als die Menschen.

Diese Geschichte wurde - reichlich ausgeschmückt - an den Winterabenden in den Häusern erzählt. Sie passierte im Jahre 1892.

Charlotte Wilkening, geb. Möller

Der Reitknecht

Nach Auflösung des alten Amtes Ricklingen ging das Schloss des Öfteren in anderen Besitz über. Eine Zeit lang war es an einen Prinzen von Waldeck verpachtet. Der Prinz beschäftigte aus dem Dorf allerlei Arbeitskräfte. So diente bei ihm auch ein Ricklinger als Reitknecht.

Diesem war seine Tätigkeit so zu Kopf gestiegen, dass er kaum noch mit einem Dorfbewohner sprach und keinem mehr die Tageszeit bot. Eines Tages musste er zu dem alten Schneider Grese, um nach den Hosen seines Herrn zu fragen. Mit seinen Reitstiefeln trat er forsch gegen die Tür der Schneider Stube. Als niemand öffnete, trat er schließlich ein und sagte zu dem fleißig nähenden Schneider: „Tag".
Dieser antwortet: „Tag".
Dann fragt er: „Hosen fertig?"
„Nee", sagte der Schneider.
„Fertig machen"
„Ja", kam es genau so kurz vom Schneider zurück.
„Aschüß", sagte der Reitknecht.
„Aschüß", antwortete der Schneider.
Dann fiel die Tür ins Schloss.

In der Generation meiner Mutter hieß es darum oft, wenn jemand so überspannt war: „Das ist auch so Einer." „Buxen fertig?" „Nee!" „Fertigmachen?" „Ja!"

Charlotte Wilkening, geb. Möller

Die Aussteuer

In den Häusern klapperten die Webstühle, und es dauert nicht mehr lange, dann lagen die ersten fertigen Leinenbahnen ausgespannt auf den Bleichplätzen. So wurden Stück um Stück die Aussteuertruhen voll vom schneeweißen Leinen, und mit jeder neuen Beschickung  erhöhte sich der Traum vom jungen Eheglück.

Und eines Tages kam es! Dann wurden die Aussteuertruhe, Schränke und Betten auf einen großen Leiterwagen gestellt, und obendrauf stand als bunte Zinne das Spinnrad mit den festlichen Wocken als Symbol des Fleißes.

Der Möbeltischler und die Freundinnen der Braut saßen singend hinter dem Kutscher. Nun konnte beim Bräutigam das Schlafzimmer hergerichtet werden!

Und dann kam der Polterabend!

Von den eingeladenen Hochzeitsgästen waren schon Eier und eine „Schlage" Butter am Tage zuvor hin geschickt worden für den guten Zuckerkuchen, und in der Abendzeit folgte das Huhn für das Hochzeitsmahl.

So konnten durch diese Gemeinschaftsspende keine Nahrungssorgen aufkommen.

Das Poltern mit alten Töpfen besorgten die Kinder gründlich.

Charlotte Wilkening, geb. Möller

Tante Wieschen hat es auch gesagt ……

Wenn im Herbst draußen die Arbeit zu Ende war, kam Hans auf Kastorfs Hof.

In der Schule war er nicht gut mitgekommen; er war groß und stark, und seine Eltern waren froh, wenn er im Winter Arbeit und Essen hatte. In der damaligen Zeit kamen noch die Handwerker, Schuster und auch die Schneiderin einige Wochen auf die Bauernhöfe. Die Schneiderin besaß als Einzige eine Nähmaschine im Dorf. Diese musste dann zu ihrem Arbeitsplatz in die Häuser geholt werden. Früh am Kaffeetisch wurde Hans beauftragt, die Nähmaschine von Wegeners vom Berge zu holen.

Die heutige Burgstraße, früher Mühlenstraße lag hoch voll Schnee. Zu jedem Haus führte nur ein freigeschaufelter Weg. Alle sagten morgens beim Kaffeetrinken, Hans sei bloß vorsichtig, es ist glatt, fall nicht mit der Nähmaschine. Als es hell wurde, ging Hans los. Eine Stunde später war das Unglück passiert; Hans lag in der Nähe des Hauses mit der Nähmaschine im Schnee. Einige Nachbarn hatten sich eingefunden und wollten ihm wieder auf die Beine helfen. Er selbst rief ein über das andere Mal:

„Kinder, Leute, und ich in Holzschuhen, Tante Wieschen hat es auch gesagt…"

Wenn es später Aufregungen gab, wurde dieser Ausruf von Hans oft gebraucht.

Charlotte Wilkening, geb. Möller

Das ausgeliehene Klavier

Vom Gesangverein kann ich noch so allerlei berichten. Es war ja damals eine schlechte wirtschaftliche Zeit. Fernsehen konnte man noch nicht, aber Frohsinn

und Gesang verschönten den Sängern das Leben und sie haben viele unvergessliche Stunden dadurch gehabt.

Ich weiß nur nicht mehr, in welchem Jahr das Klavier ausgeliehen wurde. Jedenfalls war Westphalen Vater Gemeindevorsteher. Der Gesangverein wollte dort zum Sängerfest ein Klavier leihen. Ein Sänger, der deswegen vorsprach, bekam von Westphalen Mutter den Bescheid, dass sie nur ja sagte, wenn Heinrich Möller (mein Vater) selber käme. Danach hat sich eine Sängerabordnung auf den Weg zu Westphalen gemacht. Nach einer kleinen Ansprache meines Vaters stimmten sie ein selbst gedichtetes Lied an, dessen Refrain war:

„Ein Hoch auf unsere Frau Bürgermeisterin".

Danach stand der Zustimmung nichts mehr im Wege. Auf dem Fest tanzte mein Vater einen Ehrentanz mit Frau Bürgermeisterin und erwähnte in seiner Ansprache das Klavier. Die ganze Festgesellschaft klatschte Beifall.

Eine fröhliche Stimmung gab es auch, als das Klavier wieder zurückgebracht wurde. Ich sehe heute noch die Männer vom Wagen steigen, alle mit gelben Staubtüchern in der Hand. Dann wurde das Klavier vor die Stufen der Haustür gestellt, mein Vater rief: „Polieren", und schon fingen sie an zu putzen.

Als Frau Bürgermeisterin erschien, stimmten die Sänger das Lied an: „Mädchen mit den schönen blauen Augen." Alle Hausbewohner und Nachbarn, kamen aus den Häusern. Als sie das Klavier die Stufen hochgetragen hatten, hieß es wieder: „Polieren!" Dann gab es noch ein Hoch auf die Bürgermeisterin und das gute Stück wurde ins Haus getragen. Den Rest des Abends habe ich nicht mehr miterlebt. Er fand in der Gaststätte „Zur Linde" statt.

Charlotte Wilkening, geb. Möller

Schluss damit!

Eines Morgens, es muss wohl in den fünfziger Jahren gewesen sein, kommt Lehrer Drawer mit der Rute in der Hand in den Klassenraum und stellt sich damit vorn ans Pult. Die Klasse war mucksmäuschenstill. Was war dem Lehrer wohl zu Ohren gekommen und wen würde er jetzt für eine Tracht Prügel nach vorn holen?

Die Kinder hielten den Atem an. Da nahm der Lehrer die Rute und zerbrach sie vor ihren Augen in zwei Teile.

„Das Amt Neustadt hat entschieden: Ab heute wird nicht mehr geschlagen!", waren seine Worte und damit warf er die Rute in den Abfallkorb.

Regina Thiele nach einem Gespräch mit einer älteren Dorfbewohnerin

Eine Tragödie

Nach Verlegung des Amtssitzes im Jahre 1852 nach Neustadt kamen nach dem Kriegsminister von Brandis Bewerber für das alte Amtshaus, auch Schloss genannt, aus den verschiedensten Berufen.

Hier wohnte von 1888 der Oberförster Friedrich August Ahrend verheiratet mit Berta Tekla, geb. Ziegler. Diese hatten eine Tochter. Eugni, Elisabeth, die den Kunstmaler Huver heiratet und ihm 1909 das Söhnchen Harald gebar.

Dieser Kunstmaler war ein sehr skurriler Mann. Er malte das Schloß ganz in Gelb und Schwarz aus und hatte auch beträchtliche Schulden.

Besonders viele Schuldscheine hatte er dem hannoverschen Schlachtermeister Friedrich W.E Vollrath ausgestellt, der dann auch 1911 das Haus mit dem Grundstück übernahm und bis zu seinem Tode 1919 bewohnte.

Im Jahre 1911 kam nun der Maurermeister Homeyer, um vielleicht auch Schulden einzutreiben. Dieser wurde aber abgewiesen, ja, er wurde bedrängt - ohne dass ihm ein besonderer Grund genannt wurde - das kleine Söhnchen mitzunehmen.

Ganz erschrocken lehnte dieser das Ansinnen ab und ging nachdenklich nach Hause.

Kurz darauf erschoss dann der Künstler, von der Schuldenlast erdrückt, seine Frau und sein Söhnchen und nahm sich auch selbst das Leben.

Die Familie wurde in der Selbstmörderecke des Friedhofs beigesetzt.

Hans Ulrich

Der Fährmann und die Glocke

Bevor 1894 die Leinebrücke (von Woyna Brücke) gebaut wurde, mussten die Wagen und Fußgänger noch mit einer Fähre oder mit einem Boot über den Fluss gebracht werden.

Stilisierte Zeichnung

Um 1880 war nun Christian Bradenstahl der Fährmann. Dieser war dreimal verheiratet und auch sonst war er ein Original.

Da kam doch einmal der Prinz von Waldeck, der im Schloss wohnte, an die Leine. Auf ein „Hol über" reagierte der Fährmann nicht. Der Prinz lässt dann später einen Klingelzug anbringen, doch Bradenstahl deckte die Glocke zu. Der Prinz soll aber auch im Kopf nicht ganz klar gewesen sein.

Auch mit dem Pastor Burmester steht Bradenstahl auf Kriegsfuß. Der Fährmann sagt zu allen „du". Vom Pastor zur Rede gestellt, sagt er schließlich: *„Ich sag zu jedem „du", doch „Di" segg ich jetzt „Sei"."*

Eines Tages war die Frau des Pastors nach Hannover gefahren. Man hatte verabredet, wann sie zurückkam, und weil es meist spät wurde, wurde sie dann abgeholt. Abends war nun der Pastor schon dreimal an der Fähre gewesen, um seine Frau abzuholen, und sie war immer noch nicht angekommen.

Als sie nun endlich kam, war der Pastor nicht da. Da sagte dann der alte Fährmann zu ihr: *„Frau Pastern, se kreget aber den Ars voll; der Paster war schon dreimal da, und Sei sind immer nicht gekommen."*

Wilma Jacobi, geb. Blume

Abschied von Pastor Cumme

An einem schönen Sommerabend im Jahre 1932 wurde Pastor Cumme verabschiedet. Außer seiner Tätigkeit als Seelsorger hatte er auch die Zweigstelle der Spar- und Darlehenskasse für die Gemeinde Schloß Ricklingen. Das brachte ihm nicht bei allen Einwohnern nur Achtung ein. Trotzdem wurde ein großer Abschiedsabend vorbereitet. Die Schulkinder übten dafür mit ihren Lehrern Lieder ein. Als der Abend gekommen war, bekamen sie auf dem Schulhof alle eine brennende Laterne und gingen dann geschlossen zum Pastorenhaus.

Im Garten hatten sich schon der Gemeindevorsteher, Vereine, Kirchenvorstand und Einwohner eingefunden. Die Vorsitzenden vom Krieger-, Schützen- und Gesangverein warteten auf den Augenblick, wo sie auf der mit Lampions geschmückten Rednertribüne auftreten mussten.

Jeder hatte eine Dankes- bzw. Lobesrede aufgeschrieben oder von jemand anderem auf Papier verfasst bekommen. Denn nur wenige konnten frei ihre Ansprache halten.

Die Schulkinder hörten schon beim Singen ihre Lieder von fern her Donnern am Abendhimmel. Als der letzte Redner seine Worte vorlas, kam ein heftiger Wind auf und löschte die Kerzen in den aufgehängten Lampions aus.

Seines Textes beraubt, konnte der unglückliche Redner nur noch stottern und sagen:

„Hiermit danken wir unserem lieben abgeschiedenen, verschiedenen Herrn Pastor."

Dann fehlten ihm die Worte.

Da sagte ein Schloß Ricklinger zu seinem Sangesbruder: „Komm wir sagen noch laut „Herzliches Beileid" und sehen zu, dass wir noch trocken in die Gastwirtschaft kommen."

Erinnerten sich die Beiden später an diesen Abend, mussten sie jedes Mal herzlich darüber lachen.

Charlotte Wilkening, geb. Möller

Grabstein auf dem Kirchhof 2025 (Foto Ulrike Deiters-Bolte)

Der alte "Rothbart"

Viele Schloß Ricklinger Einwohner erinnern sich bestimmt noch an den alten Rothbart, wie ihn die Leute damals nannten. Ob es sein wirklich roter Spitzbart oder sein Familienname war, haben wir nicht herausfinden können.

Im Winter, sowie auch im Sommer, kam er mit seinem Holzkasten auf dem Rücken alle 3-4 Wochen in unser Dorf. Meistens trug er lange Lederstiefel und einen Eichen-Gehstock in der Hand. Fragten ihn die Leute, warum er auch im Sommer lange Stiefel trage, antwortete er, wegen der bissigen Dorfhunde.

Meistens ging er von Haus zu Haus. In den Stuben stellte er seinen Holzkasten auf den Tisch, klappte den Deckel auf und die schönsten Sachen kamen zum Vorschein.

Zum Beispiel bunte Toilettenseifen und Rasierseife. Gab es bei uns doch nur Kern- und Schmierseife. Außerdem hübsche Haarspangen, Haarnadeln, Nähgarn, Zwirn, Gummiband, Knöpfe, Kartoffelschälmesser und viele Kurzwaren mehr, wie man das Angebot damals nannte. Uns Kinder interessierten am meisten die großen Bogen Liebesmarken, die er in seinem Kasten bei sich hatte.

Sah er die sehnsüchtigen Blicke der Kinder und wollten die Erwachsenen kein Geld dafür ausgeben, schenkte er uns eine.

So fand ich neulich in meinem alten Lesebuch einen Engel, der mich an den alten Rothbart erinnerte.

Charlotte Wilkening, geb. Möller

Verständigungsschwierigkeiten

Als beim Kriegsende die Amerikaner in Schloß Ricklingen einmarschierten, saßen wohl alle Einwohner ängstlich in ihren Kellern.
Hier tauchte nun plötzlich eine Streife auf: „Have you any guns?"
Ganz erschrocken springt eine Bäuerin auf, rennt hinaus und bringt………..
Ihre letzte Gans!

Später kommt eine Streife:
„Have you eggs?"
Schnell holt einer………… Eine Axt.

Suse Nitschker, geb.Hölzer

Heiratsanzeige nach dem Krieg:
Landwirt, 38 Jahre, sucht junges Mädchen,
nicht über 30 Jahre, das einen Trecker besitzt,
zwecks Heirat kennen zu lernen.
Zuschriften mit Foto des Treckers zu senden an………

Die Sage vom schwarzen Hund am Ricklinger Angelteich

Jeder in Schloß Ricklingen kennt den Angelteich, der in dem kleinen Waldstück Richtung Horst liegt. Die Leute gehen dort mit ihren Hunden spazieren oder sitzen einfach nur da und schauen auf das ruhige Wasser, in der Mitte schwimmt das kleine Entenhaus und rings umher rauschen Kiefern, Birken und Eichen. Doch in manchen Nächten wird er gemieden, denn seit Jahrhunderten erzählt man sich eine Geschichte – eine Sage, älter als das Dorf selbst. Nördlich des Teiches, halb vergessen unter Wurzeln und Gras, liegen mehrere Hügelgräber aus der Bronzezeit. Ein Ort des Respekts – und der Furcht. Aus diesen Gräbern, so sagt man, steigt zu Vollmond ein schwarzer Hund empor. Nicht irgendein Tier – sondern ein Geisterwesen, ein Fluch in Fellform. Der Hund ist groß wie ein Kalb, sein Fell so schwarz, dass er mit der Dunkelheit verschmilzt. Seine Augen jedoch glühen wie zwei brennende Kohlen.

Wenige haben ihn jemals gesehen – doch manchmal hört man ein tiefes, klagendes Heulen, das von weit her durch den Wald zieht, wie aus einer anderen Welt. Es hallt über das Wasser, schleicht durch das Dickicht, und wer es einmal gehört hat, vergisst es nie.

Der Hund, so sagt man, sei ein bronzezeitlicher Krieger, der einst sein eigenes Volk verriet. Machtgierig, grausam und gnadenlos plünderte er Heiligtümer und brach uralte Eide. Als Strafe wurde seine Seele verflucht, gebannt in Gestalt eines schwarzen Hundes, um ewig über das Land zu wachen, das er einst verriet. Seitdem erscheint der Hund in Vollmondnächten im Wald rund um den Teich.

Einst saß ein Schäfer des Nachts am Teich und wachte über seine Schafe, als er plötzlich das Heulen hörte – erst entfernt, dann näher. Plötzlich sah er die roten Augen, unbeweglich am anderen Ufer ...

Seitdem flüstern sich die Kinder im Dorf heimlich den alten Abwehrspruch zu:

„Hund der Gräber, alter Fluch,
Hüter aus vergang'ner Zeit,
Geh zurück ins Erdversteck,
Bis Mondlicht dich erneut befreit."

Doch wehe dem, der sich verspricht.

Ob die Geschichte wahr ist?

Viele glauben, es sei nur eine Mahnung gewesen, die die Alten ihren Kindern erzählten – damit sie nicht bei Dunkelheit am Teich spielten. Eine Abschreckung, mehr nicht?

Und doch, in den Nächten, wenn der Wind über das Wasser streicht und der Nebel die Hügelgräber sanft umhüllt, meint man ein fernes Heulen zu hören. Und dann fragt man sich – vielleicht ist an der Geschichte doch etwas dran?

Regina Schiewe

"Fischen" nach dem Kriege

Nach dem Ende des letzten Krieges gab es durch die Zerstörung der Eder-Talsperre im Februar/März gewaltige Überschwemmungen,
die auch die Proviantlager der Besatzungstruppen nicht verschonten.

So kam es, dass ungezählte Benzinkanister und Kisten mit Lebensmitteln und Kleidung hurtig leineabwärts schwammen und die Not leidende hungrige Bevölkerung war begeistert damit beschäftigt, die Köstlichkeiten irgendwie an Land zu ziehen. Obwohl es streng verboten war, bewegte sich nach Anbruch der Dunkelheit eine ganze Karawane von Bollerwagen, Fahrrädern, Schiebkarren und sonstigen Transportmitteln, aus dem Dorf zu den Leinewiesen - zum Fischen!

Später wurde einer unserer Nachbarn von einem ihm nicht hold gesonnenen Mitbürger denunziert „gefischt" zu haben und den gewonnenen Schatz im Garten vergraben zu haben. Ein englisches Militärkommando kam und zwang ihn, das Verbuddelte wieder auszugraben.

Er gehorchte und heraus kam:............ ein toter Hahn!

Suse Nitschker, geb. Hölzer

Das Astloch

Vor dem Siemerschen Grundstück, dem Erbkrug und jetzigen Gasthaus „Zur Linde" stand eine uralte Linde mit einer riesigen Baumkrone. Nun war sie morsch geworden. Und weil sie das Dach beschädigte und überhaupt das ganze Gebäude bedrohte, sollte sie gefällt werden.

In dieser Linde war aber ein großes Astloch, und jeder war gespannt, was wohl in diesem Astloch verborgen sei.

Hatte vielleicht eine diebische Elster so einige Wertsachen zusammengetragen?

Als sie nun endlich gefällt war und man nachsah, was lag drin?

Ein Hakenkreuz, ein Nazi-Parteiabzeichen!!!

Wilma Jacobi, geb. Blume

Gasthaus „Zur Linde" 1959 (Foto Drawer)

Wind!

Zu Weihnachten hatte der Pastor in der Kirche mit den Schulkindern ein sehr schönes Krippenspiel eingeübt, das am Heiligen Abend aufgeführt wurde. Die Kirche war brechend voll. Der Lehrer spielte die Orgel, die damals noch mittels eines Blasebalges betätigt wurde, den der Gemeindediener treten musste.

Das Krippenspiel verlief sehr gut und alle Anwesenden auf der Orgelempore hingen andächtig über der Brüstung und sahen zu, – auch der Gemeindediener.

Orgel der Kirche Schloß Ricklingen 1957 (Foto)

Die Feierlichkeiten sollten dann mit einem rauschenden Choral beendet werden, – der Lehrer griff in die Tasten, aber der Orgel entwich kein Ton.

Da donnerte des Lehrers Stimme in die erwartungsvolle Stille:
„Wind!!!"

Suse Nitschker, geb. Hölzer

78

Nachsitzen

Die Lehrerin der „kleinen Schule" (ABC-Klasse) sah sich gezwungen, einen kleinen rothaarigen, sommersprossigen Sechsjährigen nachsitzen zu lassen, denn er hatte irgendeine Untat begangen. Er sollte zwanzig Mal einen Satz schreiben, der ihm seine Schandtat vor Augen hielt.

Nach einiger Zeit guckte der Knirps die Lehrerin mit unschuldigster Miene an und meinte: *„Weißte was Fräulein Nippold, ich packe jetzt den ganzen Schiet tohope un gah nah Hus!"*

Suse Nitschker, geb. Hölzer

Küsterschule am Schloss 1959 (Foto Drawer)

Schule und was wir Mädchen so durften

Wir Mädchen machten natürlich artiger unsere Schulaufgaben als die Jungens. Manchmal durften wir aber auch mit ihnen mit raus, immer barfuß. Wir haben Plattdeutsch gesprochen. In manchen Familien durften Mädchen das nicht. Weil sie später mal „in Stellung nach Hannover" sollten als Hausmädchen, mussten sie möglichst Hochdeutsch sprechen. In der Schule im Winter hat die Küsterin Lina Wagemann frühmorgens den Eisenofen angefeuert. Unter uns Schulkindern war dann oft das Wettlaufen, denn wer zuerst im Klassenraum ankam, durfte das nächste Holzscheit einwerfen. Im Unterricht machte das der Lehrer selbst. Holz lieferte die Gemeinde. Vier Schreib- und Rechenhefte bekamen wir umsonst. Bücher hatten wir immer gebrauchte. In den Kriegsjahren, wenn Fliegeralarm heulte, rannten wir Schulkinder in den Keller vom Gasthaus Thiele.

Ferienfreude:
Heute ist der letzte Tag,
heute wird Radau gemacht,
Fenster, Türen rausgerissen
Und der Lehrer rausgeschmissen.
Und der Knüppel hinterher,
gibt es keine Schläge mehr.

Sommervergnügen:
Baden in der Lehmkuhle am Lönsweg.

Wintervergnügen:
Schlittenfahren auf Thieles Mühlenberg, auch quer über die Straße bis zum Busschuppen. Es gab ja kaum ein Auto. Oder „Schurren" auf der

zugefrorenen „Brenneriede", dem Löschteich, auf dem heute u.a. auch Frau Hennig wohnt, oder der Leineüberschwemmung. Manche von den Größeren hatten auch schon Kurbel-Schlittschuhe. Ach, und wie oft wurde man eingeseift mit Schnee und rannte heulend nach Hause, weil's sooo wehtat.

Pfennige und Groschen konnte man ergattern, wenn man am Kirchabgang „Strick gehalten" hat für ein frischgetrautes Brautpaar. Das Geld warf der Bräutigam und manchmal auch die Gäste. Und wie oft schubsten uns die Jungens einfach beiseite und schnappten's sich.

Ilse Scherrer, geb. Baumgarten, Jg. 1929

Schulkinder 1938 (Foto)

Wilmas weite Wege

Wenn es im Winter nicht so viel Arbeit auf dem Bauernhof gab, gingen einige Mädchen aus Schloß Ricklingen nach Wunstorf zu einer Schneidermeisterin, um Weißnähen zu lernen, wie man damals sagte.

So ging auch in einem Winter Wilma jeden Morgen zu Fuß zum Nähkurs. Sie hatte Pech, denn auf der heutigen Hindenburgstraße begegnete ihr der alte Sanitätsrat Haller, der schon früh über Land fuhr. Zu seinen Patienten gehörte auch Wilmas alte Großmutter. Er ließ den Kutscher anhalten und rief über die Straße: „Wilma, wie geht es der Großmutter?"

Das hörten dann auch die Höltyschüler, die mit ihren Fahrrädern eintrafen.

Ging Wilma dann nachmittags nach Haus, riefen die vorbeifahrenden Schüler im Chor: „Wilma, wie geht's der Großmutter?"

Wilma wurde erst wieder froh, als sie im Frühjahr als Mädchen in eine Försterfamilie kam und mit ihnen in die Nähe von Sulingen zog, denn dort kannte niemand die Großmutter.

Charlotte Wilkening, geb. Möller

„Meine Frau macht alles selbst!"

Meine Mutter erzählte uns von einem Händler aus ihrer Kindheit, den die Leute „Meine Frau macht alles selbst" nannten.

Im Gegensatz zum alten Rothbart, der immer still und bescheiden auftrat, war dieser Mann polternd und laut. Da er neben Kurzwaren auch eine Tasche mit von seiner Frau genähten Schürzen bei sich hatte, rief er in die Haustüren:

„Schürzen, große und kleine. Meine Frau macht alles selbst."
Daher nannten ihn die Leute: Meine Frau macht alles selbst!

Charlotte Wilkening, geb. Möller

Mein Heimatdörfchen im Grünen

Wo Marschen und Heide sich reichen die Hand,
wo duftende Wälder durchziehen das Land,
da liegt tief im Grünen, mein Dörfchen versteckt,
ein Kirchturm inmitten zum Himmel sich reckt.
Sein Glockengeläute, so einfach es klingt,
möchte immer ich hören, mein Herz dazu singt:
Du liebliches Dörfchen am Leinestrand,
innig ist dir stets mein Herz zugewandt.

Umrauschten auch Freuden und Glanz meinen Sinn,
zum Dörfchen im Grünen zog`s immer mich hin.
Dort, wo ich gesungen vor Freude und Lust,
mit glühenden Wangen, aus voller Brust.
Die Bilder der Jugend umwehen mich lind,
wie säuselnde Blätter im Frühlingswind.
Du liebliches........

Der Heimat beraubet, lacht nimmer uns Glück,
drum führt mich der Weg stets zum Dörfchen zurück.
Wo einst in der Jugend, bei fröhlichem Spiel,
ich habe gefunden, der Freuden so viel.
So denk ich voll Liebe an dich gern zurück,
will immer dich schauen, mit dankbarem Blick:
Mein liebliches Dörfchen am Leinestrand,
innig bleibt dir stets mein Herz zugewandt.

Lutz Brandt

Lutz Brandt

Wort, Weise und Satz dieses Liedes sind von Lutz Brandt und dem Männergesangverein Schloß Ricklingen gewidmet. Lutz Brandt wurde am 29. April 1889 als Sohn des Maurers und Schlachters Friedrich Brandt in Schloß Ricklingen im Haus Nr. 45 Bultriede geboren.

Mit 14 Jahren kam er zum Kapellmeister Ahlers in Wunstorf in die Lehre und zog vier Jahre mit der Kapelle durchs Land, um auf Schützenfesten und bei anderen Veranstaltungen zum Tanz aufzuspielen. Mit 18 Jahren ging er freiwillig zum Militär, um auch hier der Musik zu dienen. Der 1. Weltkrieg kam dazwischen und führte ihn an die Westfront. Ein halbes Jahr Ruhe gab ihm endlich die Gelegenheit, die Musikhochschule in Berlin-Charlottenburg zu besuchen.

Unermüdliche Weiterbildung brachte den Aufstieg zum Stabsmusikmeister und zahlreiche von Lutz Brandt in den Dreißigerjahren geleitete und vom Rundfunk übertragene Militärwunschkonzerte sind den Älteren noch in Erinnerung.

Aber auch Musikstücke und Lieder wurden von ihm komponiert.

Sein, „Wo Marschen und Heide sich reichen die Hand " ist bis zu den Dörfern am Steinhuder Meer hin bekannt und beliebt.

Lutz Brandt starb am 5. August 1969 in seinem letzten Wohnort Seelze und wurde dort auch zur letzten Ruhe gebracht.

Hans Ulrich

Der Heidjer

Auf Kastorfs Hof war einer der Dienstleute aus Schneeren. Dieser hatte bei seinem Sonntagsbesuch dort einen Schafbock zur Blutauffrischung gekauft. Da alle Pferde mit Wagen in der Ernte gebraucht wurden, machte er sich Montag früh mit dem Schäfer nach Schneeren zu Fuß auf den Weg, der fünf Stunden dauerte.

Nachdem sie dort eine ordentliche Mittagsmahlzeit bekommen hatten, zogen sie mit dem Schafbock los. Anfangs ging alles recht gut, als sie aber an die Hauptstraße kamen, zeigte der Bock seine ersten Launen und benahm sich recht störrisch. Um diese Zeit fuhren auch keine Gespanne mehr Richtung Neustadt. Die wenigen entgegenkommenden Fuhrwerke hielten wohl an, gaben gute Ratschläge und fuhren belustigt weiter.

Um nicht weiter dem Spott der Leute ausgesetzt zu sein, banden sie den Bock die Beine zusammen, hingen ihn an einen Eichenast und trugen ihn so auf Richtewegen gehend, an Neustadt vorbei. Schweißgebadet kamen sie dann an einem einzeln gelegenen Haus zwischen Poggenhagen und Bordenau an. Dort hinter einer Buchenhecke banden sie den „Heidjer", wie sie ihn in ihrem Ärger nannten, an einem Pfahl und setzten sich zum Vespern hin. Kaum hatten sie Wurst und Brot ausgepackt, kam der Spitz des Hauses um die Ecke gesaust und griff den Bock an. Dieser nahm den Kopf herunter, riss sich los und verfolgte den Spitz, der flüchtete um die Ecke und wollte ins Haus. In diesem Moment kam die Tante Line um die Ecke und wollte nach dem Hund sehen. Der Heidjer gab ihr so einen Stoß, dass sie auf die beiden vespernden Männer fiel. Nachdem sie sich von dem Schreck erholt hatte, fing sie an, fürchterlich zu schimpfen, und die beiden mussten machen, dass sie fortkamen.

Da die Tante Line mit ihrem Mann in der Roggenernte bei Kastorf im Tagelohn arbeitete, sahen sich die drei bei der Arbeit wieder. Der Schäfer, der immer für Unterhaltung sorgte, sagte dann in der Mittagspause, wenn alle in der Runde  saßen: „Weißt du noch Line, wie Du mit uns hinter der Hecke gelegen hast?". Dann ging der Krach los. Einmal hat sie ihm sogar ihren Teller an den Kopf geworfen. Erst wenn einer der Älteren für Ruhe sorgte, konnte die Mittagspause in Frieden zu Ende gehen. Kastorfs Mutter hat immer einen weiten Bogen um den Heidjer gemacht, aber die Kinder mit ihren Freunden neckten ihn des Öfteren und kamen dann mit zerrissenem Zeug und geschundenen Körperteilen nach Hause.

Charlotte Wilkening, geb. Möller

Nächtlicher Schabernack

Das dörfliche Leben vor der Jahrhundertwende war durchaus nicht eintönig oder langweilig. Die Woche über wurde hart gearbeitet, meist spät bis in den Abend hinein.

Aber an den Sonntagabenden, da gingen die jungen Leute und Knechte zum Kartenspielen in die Gastwirtschaft. Bevor sie eintrafen, schauten sie erst von außen durchs Fenster. Saß die ältere Generation bei Thielen beim Kartenspiel, gingen sie nach Kracken und umgekehrt. Um Mitternacht holten sie dann den Nachtwächter bis in die Gaststätte, spendierten Schnaps für ihn und warten bis er eingeschlafen war. Dann zogen sie los, um im Dorf Schabernack zu treiben. Den Hunden warfen sie ein Stück Wurst hin, damit sie ungestört auf den Höfen Unsinn machen konnten.

In einer Nacht hatten sie so viel Mist vor den Seitentüren der Häuser gestapelt, dass die Bewohner nicht aus der Tür hinauskonnten. Ein anderes Mal hatten sie alle Schubkarren, die sie draußen vorfanden, in die Brenneriede geschoben. Oder sie bauten Räder von den Ackerwägen ab und versteckten sie in den Hecken. Die Einwohner ärgerten sich darüber.

Da man vermutete, dass ein durch seine Streiche bei der Arbeit oft auffällig werdender Mitarbeiter auf Kastorfs Hof zu suchen war, beschwerten sie sich bei meinem Großvater. Dieser war zu der Zeit Schöffe in Neustadt beim Gericht und kannte daher auch den für Schloß Ricklingen zuständigen Landgendarm aus Luthe gut. Diesen hat er dann gebeten, Montag vormittags auf Kastorfs Hof zu kommen, um den Übeltätern einen tüchtigen Verweis zu erteilen.

Doch einmal ist es auch meinem Großvater zu viel geworden, denn in einer Silvesternacht hatten sie den betrunkenen Nachtwächter ganz mit Stips (Rübensaft) beschmiert und anschließend einen Beutel

Hühnerfedern über ihm ausgeschüttet. So brachten sie ihn dann nach Hause und schoben ihn in die Schlafkammer seiner Frau.

In der Frühe des Neujahrsmorgens kam die aufgeregte Frau zu meinem Großvater und klagte ihm ihr Leid. Da der Nachtwächter nur eine dicke Joppe hatte, konnte er auch nicht aus dem Haus gehen. Meine Großmutter konnte ihm mit der Joppe einer ihrer Söhne aushelfen.

Mein Großvater muss wohl sehr böse gewesen sein. Er ließ den Schlitten anspannen und den Gendarmen von Luthe holen. Bei seiner Ankunft wurden die beiden Übeltäter, die noch ihren Rausch ausschliefen, geweckt. Sie mussten sich anziehen und wurden für zwei Tage nach Neustadt ins Gefängnis gebracht. Das Sitzen bei Wasser und Brot hat einige Zeit geholfen, doch bald wurden wieder Streiche gemacht, aber sie hielten sich in Grenzen, und der Landgendarm brauchte nicht mehr so oft nach Schloß Ricklingen zu kommen.

Charlotte Wilkening, geb. Möller

Gasthaus Thiele um 1900 (Foto)

Taschengeld – Spargroschen

Schüler war ich in der „alten Schule", Ende der dreißiger Jahre, 6., 7., 8. Klasse. Nicht viel los war in Schloß Ricklingen. Nachmittags musste ich zuhause helfen oder bei Zimmermann Baumgarten Kühe hüten, Rüben hacken, Heu machen, Korn dreschen oder Kartoffeln auskriegen. Da gab's immer ein leckeres belegtes Brot für mich und Saft und Milch, manchmal

auch ‚nen Groschen. Und weil ich das ordentlich machte, bekam ich jedes Weihnachten einen warmen Pullover geschenkt, ganz prima. Aber so ging's nicht allen Jungens bei allen Bauern. Taschengeld hätten wir ja gern mehr gehabt, mal für'n paar Bolschen oder ein Taschenmesser. Gespart wurde auch, auf 'nem Sparbuch, was Lehrer Brockmann führte.

Um ein bisschen mehr zu verdienen, wisst ihr, was wir denn gemacht haben? Mein Bruder und ich haben weiße Mäuse gezüchtet. Ja. Für die Tierärztliche Hochschule. Da gab's für eine Maus 5 Pfennig. Haben wir mit dem Fahrrad hingebracht. Die Mäusezucht mussten wir aber nach drei Jahren aufhören, weil unsere Mutter den Gestank nicht mehr riechen mochte, verständlich. Und ich kam denn ja auch in die Tischlerlehre. Und im Sommer und Herbst haben wir Kreuzottern gefangen. Wenn wir im Moor geholfen haben beim Torfstechen und –

umsetzen, dann hatten wir immer ein Einkochglas dabei für die Schlangen. Für jede gab's 50 Pfennig. Bei denen wurde das Gift aus den Zähnen „gemolken". Jagdaufseher Brandt und ein naturverbundener Sparkassenangestellter hatten uns darauf gebracht und auch gesagt, dass die Tiere später wieder ins Moor zurückgebracht würden. – Im Dezember haben wir das Geld denn aber Mutter gegeben, damit sie für uns fünf Kinder eine Kleinigkeit zu Weihnachten kaufen konnte. – Ja, das war immer 'ne Tour nach Hannover.

Fritz Baumgarten, Jg. 1926

De Schaperkorn in de Brenneriede!

Anekdote über den letzten Schäfer von Schloß Ricklingen, Christian Baumgarten. Dat was so!

Die junge Chrischan Buhmgorn was hier in Schloß Ricklingen de Leste van düsse Schapergilde. Hei ok gliegtitig Gemeindediener, Nachtwächter, Kirchendiener und Totengräber. Hei hadde immer to dauen!

Mit sienen vielen Schapen -en poor Hunnert- tog hei bit nah Hannover. Hei was mol wier von sein Tour trügge, un könne endlich bi sein Fruh in'n Bedde slapen. Sonst möst hei et ümmer mit sein Schaperkorn vorliebnehmen.Un wenn et widder los gahn möst, denn slöppt hei de leste Nacht wedder in sein Korren, domit hei an annern Mörgen fröh los könn! Siene bieden Hunne wörn düsse Nacht bi den Schapen in'n de Brust nohm.

Als sei för Brenneriede vabikömmt steiht dor doch De Schaperkorn Chrischan inne. Un sei het wollen dem Chrischan schon ümmer en Striek spiälen.

Gesegt- gedohn!

Schwup diwupp was de Korn in de Brenneriede schaub'n-bit mitten in. Chrischan kömmt darusgepustet, ganz natt un möst bed an'n Hals dört Water an Land. Burschen, de em den Schabernack spellt het, wörn awer schon lange over olle Barge. Oh, wat hät sie'n Fruh schimpet, als hei so nat vör öhr steiht. Düssen Striek möst hei seck ümmer wedder anhöhrn - wat was hei denn böse!

Hei het ümmer söcht un söcht; het aver nich rutkriegen wer dat moket het.

Der Schäferkarren in der Brenneriede

Anekdote über den letzten Schäfer von Schloß Ricklingen, Christian Baumgarten

Brenneriede 1959 (Foto Drawer)

Das war so: Der junge Christian Baumgarten war hier in Schloß Ricklingen der Letzte dieser Schäfergilde. Er war auch gleichzeitig Gemeindediener, Nachtwächter, Kirchendiener und Totengräber. Er hatte immer etwas zu tun!

Mit seinen vielen Schafen – ein paar hundert – zog er bis nach Hannover. Eines Tages kam er von seiner Tour zurück und konnte endlich bei seiner Frau im Bett schlafen. Sonst musste er sich immer mit seinem Schäferkarren begnügen.

Und wenn es wieder losgehen musste, schlief er die letzte Nacht wieder in seinem Karren, damit er am nächsten Morgen früh loskonnte! Seine beiden Hunde waren diese Nacht bei den Schafen im Stall. Ein paar junge Burschen hatten sich im Gasthaus „Zur Linde" ordentlich einen hinter die Binde gegossen. Als sie an der Brenneriede vorbeikamen, stand da doch der Schäferkarren mit dem Christian darin. Und sie hatten dem Christian schon immer einen Streich spielen wollen. Gesagt – getan!

Schwuppdiwupp war der Karren in die Brenneriede geschoben – mitten hinein. Christian kam herausgeprustet, komplett durchnässt, und musste bis zum Hals durchs Wasser ans Ufer. Die Burschen, die ihm den Streich gespielt hatten, waren allerdings schon längst über alle Berge. Oh, wie hat seine Frau geschimpft, als er so nass vor ihr stand! Diesen Streich musste er sich immer wieder anhören – wie wütend war er doch! Er hat immer wieder gesucht und gesucht, aber konnte nicht herausfinden, wer das gemacht hatte.

Karl Brandt, nach der Überlieferung von Christian Baumgarten und seiner Tochter Sophie Brandt.

Das Schwalbennest

Bevor die Räume der neuen Spar- und Darlehenskasse (später Volksbank) fertig waren, musste man feststellen, dass sich die Schwalben gerade mitten über der Eingangstür ein Nest gebaut hatten. Sie wurden geduldet.

Immer hatte man hierzulande geglaubt, dass Schwalben als Untermieter im Haus nicht nur vor Feuer und Blitzschlag schützen,  sondern auch Glück bringen. Deshalb duldete man sie, selbst wenn der Schwalbendreck Kummer machte.

Da konnte es dann aber passieren, dass ein Besucher von oben aus dem Nest bedacht wurde. Aber was macht's! Ist jemand vom Schwalbenglück getroffen, kann er vielleicht mit dem Ansteigen seiner Aktien oder einem Prämienspargewinn rechnen, und was ist schon ein kleiner, weißer Fleck auf dem Anzug gegen einen Tausender!?

Armin Mandel

Der Kuntze-Hof

Hier stehen Sie am Heinemann-Hof, ehemals Kuntze-Hof. Ich bin Veronika Heinemann, 83 Jahre alt und habe - mit 10-jähriger Unterbrechung in Heidelberg - mein ganzes Leben hier gewohnt.

Amtmannshof 1967 (Foto)

Versetzen Sie sich nun bitte über 350 Jahre zurück in die Zeit um 1665, in der dieses Haus geplant wurde. Es ist heute das älteste Gebäude in der ganzen Stadt Garbsen und steht mit der gesamten Hofanlage unter Denkmalschutz. Das Haupthaus und zwei Nebengebäude sind bewohnt.

Veronika singt:/ Nun danket alle Gott mit Herzen Mund und Händen, der große Dinge tut an uns und allen Enden.

Generationen auf dem Amtmannshof

Den Text dieses Liedes haben die Mitglieder der Familie Voigt sicherlich oft gesungen, auch sonntags in der Kirche in Horst - hier gab's ja noch keine Kirche - und der Text drückte die christliche Grundhaltung dieser Menschen aus. Es war gerade so zwei Jahrzehnte her, dass der 30-jährige Krieg mit dem Osnabrücker Frieden 1648 endlich beendet war. Schon die zweite Generation der

Familie Voigt hatte hier die gute Position des Verwaltungschefs des "Amt Ricklingen" vom Herzog von Braunschweig-Lüneburg bekommen. Ich muss etwas auf die Familiengeschichte der Häuserbauer eingehen, damit Sie die Gründe der persönlichen Ansiedelung vor über 350 Jahren besser verstehen. Die Familie des Amtmanns wohnte damals auch im ersten Amtsgebäude, das auf einem Merian-Stich von 1656 abgebildet ist. Da es in der feuchten Leineaue lag und baufällig wurde, beschloss die Familie Voigt ca. 1665, sich dieses Haus als rein privates Wohnhaus nördlich auf etwas höherer Sandlage zu bauen. Der spätere Kirchenstifter und auch Amtmann Johann-Georg Voigt (1646-1707) hat hier gelebt. Sein Sohn war dann der letzte Amtmann aus der Familie Voigt, ehe das Amt Ricklingen nach Neustadt verlegt wurde. Nach 1747 wurden Eigentümer dieses Besitzes die Familien v. Alten und v. Linsingen, bis im Jahre 1807 ein Leutnant Kuntze den Hof mit Ziehbrunnen und den dazugehörenden Land-, Moor-, Heide- und Waldstücken kaufte. Die Ländereien sind an Höfe im Ort verpachtet.

Aus den folgenden 200 Jahren im Besitz der Kuntzes weiß man wenig, bis dann mein Großvater, der Offizier Eberhard Kuntze, nach einer Verletzung in Verdun im Ersten Weltkrieg aus Hannover hierher nach Schloß Ricklingen zog, wo er leider 1916 starb. Seine Witwe, Marie Kuntze wohnte dann hier mit den drei Töchtern und Mietern. Es erbte die jüngste Tochter Julie Valborg-Kuntze, die verheiratet Lüder hieß, und meine Mutter war. Nach dem Scheitern der Ehe wohnten wir und meine Schwester Marianne aber weiterhin hier.

Das Fachwerkgebäude des Amtmannshofes
Das Wohnhaus und die Stallgebäude ergeben eine imposante Hofanlage. Beachtenswert sind auch die drei großen Tore mit den Pfeilern und Bögen aus Sandstein. Was Sie als Besucher bei dem

Anblick nicht gleich erkennen, ist die Begrenzung der Durchfahrt. Die Achsenbreite mit nur 2,30 m behindert in der heutigen Zeit die Zufahrt von Feuerwehr, Baufahrzeugen und Treckern. All diese sind immer größer geworden, aber die Zufahrt nicht. Auch die riesigen alten Eichenbäume sind nicht nur schön, sondern auch mit Arbeit verbunden.

Die Maße des Wohnhauses mit 33m Länge, 15m Breite und einer Höhe von 17m sind beachtlich. Erbaut im 17. Jahrhundert für nur eine Großfamilie ist die innere Aufteilung durch teilweise dicke Wände und gefangene Eckräume für die Nutzung durch mehrere Familien sehr unpraktisch. Ganz zu schweigen von fehlenden Installationen und sanitären Anlagen. Auch gab es nur einen Schornstein für den Küchentrakt. Zurückgeschaut kann ich nicht beurteilen, wie oft das

Wohnhaus leer gestanden hat, weil die Heizmöglichkeiten schlecht waren. Auch weiß ich nichts über die Einwirkung von Militär in früheren Kriegen und private Nutzung durch Mieter oder Verwalter.

Portal Amtmannshof 2021 (Foto Regina Schiewe)

Am Ende des Zweiten Weltkriegs

Meine eigenen Erinnerungen beginnen erst am Ende des Zweiten Weltkriegs, und einige Dinge weiß ich aus Berichten meiner Mutter. Als im Mai 1945 die Amerikaner von Süden her vorrückten, gab es auch hier im Ort Schussgefechte. Aber unsere Häuser wurden nicht beschädigt. Einer der Panzer, die über die gerettete Leinebrücke gekommen waren, fuhr quer durch unseren Park und Garten bis an die Südtreppe des Wohnhauses und richtete die Kanone auf den Eingang. Die amerikanischen Soldaten stürmten das Haus und suchten nach deutschen Soldaten und Waffen. Es gab aber keine. Sie besetzten das Haus, suchten weiter und zerstörten dabei viele Dinge der schönen Einrichtung.

Einige Tage später mussten alle Bewohner das Haus verlassen, weil es zum Hauptquartier bestimmt worden war. Wir rafften die wichtigsten Sachen zusammen und versuchten, im Ort bei Nachbarn unterzukommen. Die Amerikaner hatten Schloß Ricklingen eingenommen, aber danach kamen als Besatzungsmacht dann die Engländer und wüteten rücksichtslos im Haus. Zum Heizen zerschlugen sie viele wertvolle Möbel und stahlen Inhalte aus den Schränken. Meine Mutter konnte zwar Englisch, aber ihr Protest half nichts.

Reparationszahlungen

Nun eine merkwürdige Begebenheit: Mein Vater war Maschinenbau-Ingenieur und hatte 1935 durch den Einbau eines Druckkessels und Leitungen vom Brunnen her die

Amtmannshof 2021 (Foto Regina Schiewe)

Wohnungen mit fließendem Wasser versorgt. Als nach Kriegsende an die Siegermacht England Reparationskosten gezahlt werden mussten, entschied die englische Verwaltung, dass auch solche technischen Geräte wie der Druckkessel dazu beitragen sollten. Also wurde dieser demontiert und auf einem Lorry weggefahren. Ist er wohl jemals auf der britischen Insel angekommen? So wurde die Wasserleitung im Haus zerstört, und man musste wieder das Wasser mit Eimern aus dem Ziehbrunnen holen. Nach der Verlegung der englischen Soldaten konnten wir Zivilisten in die verwüsteten Räume zurückkehren.

Unterbringung der Vertriebenen

Und dann kamen die geflüchteten und von den Russen vertriebenen Deutschen aus den Ostgebieten. Nach ihrer Ankunft schliefen sie zuerst drei Nächte in Heu und Stroh in der Scheune, denn es hieß ja noch: „Ihr könnt wieder zurück in die Heimat". Aber nichts dergleichen war möglich, und so wurden sechs Familien mit mindestens drei und mehr Kindern - zum Teil noch Babys im Kinderwagen - in dieses leer geplünderte Haus gestopft. Die Zuteilung entschied der von den Engländern eingesetzte Bürgervertreter.

Zum Beispiel lagerte eine fünfköpfige Familie in einem kleinen Abstellraum und unserem in Eile abgebauten Badezimmer mit nur einem Fenster. Sanitäranlage: ein Schmutzeimer.

Daraufhin musste auf dem Hinterhof eine Grube ausgehoben werden, über der drei hölzerne Klohütten errichtet wurden, jeweils eine für zwei Familien, die sich so einigermaßen vertrugen.

Gekocht wurde für alle zusammen in der Waschküche im großen Waschkessel, ob man's mochte oder nicht, Hauptsache es gab etwas Warmes zu essen. Später waren drei von unseren Familien froh, für die eigene Versorgung Gartenland bei uns zu erhalten, während andere

Flüchtlingsfamilien im Ort Grabeland in der Feldmark bei den Bauern zugewiesen bekamen. Zur Düngung wurde jeder Pferdeapfel oder Kuhfladen von der Straße aufgesammelt.

Über Jahre pendelte sich manches ein, auch der Familienzuwachs. Und so kam es, dass sich um die 1955er Jahre hier im Haus 14 Erwachsene mit 38 Jugendlichen und Kindern tummelten. Da war kein Fenstergriff aus Bronze und keine ungenutzte

Detail Torbogen 2021(Foto Regina Schiewe)

Wasserleitung aus Blei vor der verborgenen Metallsäge einiger Lümmel sicher, um durch den Verkauf mal etwas Taschengeld zu bekommen. Von anderen Eigentumsdelikten ganz abgesehen, die meiner Mutter das Leben sehr schwer machten. Einige Familien zogen allmählich weg oder bauten hier in Ricklingen eigene Häuser mit den Entschädigungsgeldern für Flüchtlinge vom Staat.

Fließendes Wasser für Schloß Ricklingen

Das Wirtschaftswunder hatte schon manche Veränderung zum Guten möglich gemacht. Aber eine wirkliche Verbesserung für die Wohnverhältnisse hier im Ort war erst 1964 der Anschluss an die Harzwasserleitung. Mit großem finanziellem Einsatz und Umbauten über mehrere Jahre konnten hier im Wohnhaus endlich abgeschlossene Wohnungen mit sanitären Anlagen geschaffen werden. Und der altgediente Brunnen - übrigens auf einer sehr klaren Wasserader - musste zugeschüttet werden.

Das denkmalgeschütze Haus

Erst 1978 zog meine Familie von Heidelberg hierher zurück, um meine Mutter zu unterstützen. Leider verstarb sie im Januar 1979, als der Schnee hier meterhoch lag.

Wir mussten mit unseren Kindern tagelang den großen Dachboden vom Schnee freischaufeln, den der scharfe Wind von Osten unter die Dachziegel trieb. Nun kann das nicht mehr passieren, da wir im Jahr 2012 eine neue Dachdeckung bekommen haben. Es musste für die Bezahlung ein Gartengrundstück verkauft werden, da der Zuschuss der EU zum Denkmalschutz sehr gering war.

Ein schlechtes Ereignis brachte am 17. Februar 2022 der Orkan Ylenia.

Er zerstörte eine der großen Eichen, die wiederum das Sandsteintor zum Hinterhof zum Einsturz brachte und weiter in das eine Stallgebäude krachte.

So fordert den jetzigen Besitzer, meinen Sohn Bernd Heinemann, die Zeit und auch die Natur zu ständigem Einsatz heraus. Möge uns Gott noch lange vor größerem Unheil bewahren.

Foto Detail Haustür (Regina Schiewe)

Über der Haustür steht: Ex gratia deus servabit (gnädig wird Gott es erhalten). In diesem Sinne wünsche ich weiterhin alles Gute.

Veronika Heinemann, Schloß Ricklingen, 2023

Erinnerungen an Schloss Ricklingen

Ankunft als Vertriebene

Am 30. April 1946 kamen wir als Heimatvertriebene im Ort an. Sicher war keiner über unser Kommen erfreut! Wie armselig sahen wir aus! Wir waren eine Woche im Viehwagen unterwegs, konnten uns nicht waschen, wurden in Friedland entlaust.

Wir hatten keinen Koffer, sondern unsere wenigen Habseligkeiten hatte Mutter in Decken eingehüllt, die mit einer Wäscheleine verknotet waren. Die Federbetten wurden doppelt bezogen und waren auch in Decken eingehüllt. Obendrauf waren Kochtöpfe angebunden.

Die Einwohnerzahl von Schloß Ricklingen war so um die 1000, und plötzlich mussten 100-150 Neue aufgenommen werden! Wir kamen bei Familie Knösel unter, hatten ein großes Zimmer und eine kleine Kammer - total unmöbliert! Es hing nur ein großer Spiegel zwischen den beiden Fenstern, aber am Abend stellte man uns einen Tisch und vier Stühle rein und schüttete Stroh für die Schlafstelle ein.

Meine Mutter war damals 46 Jahre alt, mein Bruder Klaus 16, ich 14 und Monika-Cäcilie zählte gerade 8 Jahre. Sie hatte am meisten unter der Flucht gelitten!

Seit Weihnachten 1944 hatten wir keinen Schulunterricht mehr, aber bald kamen wir in die Schule zu Herrn Drawer. Mein Bruder Klaus lebte gleich bei Frau Thiele auf dem Bauernhof. So hatte er Arbeit und bekam gutes Essen. Wie das damals meine Mutter geschafft hat, uns über die Runden zu bringen, weiß ich eigentlich gar nicht. Sie war sehr kontaktfreudig, fand wohl überall Helfer. Ich denke an Frau Walter aus der Schlossgärtnerei, die uns die ersten Möbel besorgte.

Das Schloss war ja ein Altersheim, und auf dem Boden standen ausrangierte Möbel der ehemaligen Besitzer, die wir bekamen. Mutter nähte bei den Bauern, so bekamen wir immer etwas an Lebensmitteln.

Irgendwann zogen wir in die Siedlung zur jungen Frau Knösel, hatten da mehr Platz. Ab und zu bekam meine Mutter von den Bauern ein Huhn, und sie bat Herrn Prendel, ob sie nicht am nahen Waldrand einen Hühnerstall bauen könnte. Das besorgte mein Bruder Ludwig, der nach der Entlassung aus der Gefangenschaft zu uns kam. Einen schönen Hahn bekam meine Mutter auch einmal, so hatten wir eine kleine Hühnerschar und immer Eier.

Lönsweg 1959 (Foto Drawer)

Theaterspiel bei Lehrer Drawer

Es war wohl schon im ersten Winter, dass Herr Drawer mit uns für ein Weihnachtsspiel übte. Er hätte gar zu gerne einen Kinderchor gehabt, so wie damals der „Bielefelder Kinderchor", aber es langte wohl nur zu Weihnachtsliedern und lebenden Bildern. Ich erinnere mich an das Lied „Am Weihnachtsbaum die Lichter brennen", das der Kinderchor sang. Alte Leute wurden gezeigt, Kinder spielten auf dem Fußboden vor dem Tannenbaum. Ursula Horn und ich hatten wohl die längsten Haare, die wir offen als Engel in weißen Nachthemden trugen. Es war zu schön! Es sang sogar der Männerchor das „Sanctus" aus der Schubertmesse. Und das war sehr festlich! Das alles spielte sich im Saal von Siemers ab.

Vielleicht war es im nächsten Jahr, als wir „Ariels Erdengang" zu Weihnachten aufführten. Mutter hatte aus einem alten Gardinenstoff mit der Hand ein Kleid für mich genäht, als „Engel" hatte ich ein Nachthemd an, beklebt mit Silbersternen aus Zigarettenpapier! Sie stand Herr Drawer auch bei, all die vielen Kinder irgendwie zu kostümieren. Meine Mutter war da sehr erfindungsreich!

Ich erinnere mich auch an die vielen Theaterabende, die wir in Siemers Saal aufführten: Da spielten die Jugendlichen unter der Leitung von Frau Schlabes das Stück „Adelheid von Mandeisloh", das sie selbst gedichtet hatte. Heiner Brand hatte die Aufgabe, der Adelheid die Geschichte von Schloß Ricklingen zu erklären, lebende Bilder wurden dargestellt, z. B. aus der Zeit vom 30jährigen Krieg, wie die Bäuerinnen vor dem Spinnrad saßen, die Bauern der Feldarbeit nachgingen usw. usw. Ich spielte damals die Adelheid. Im Schulunterricht brachte Herr Drawer uns die Geschichte bei. Wir wanderten zum Denkmal - alles schöne Erinnerungen!

Wer die Regie bei „Goldmarie und Pechmarie" führte, weiß ich nicht, vielleicht auch Herr Drawer, aber die Goldmarie war meiner Meinung nach Margrit Wildhagen. Ich war die Pechmarie. Irgendwann spielten wir ein Stück „Armes Flüchtlingsmädchen und reicher Bauersmann" und eine Magd. Der Bauer hieß - glaub ich – Heinz Wagemann. An seinem Wohnhaus stand damals *„Was Du ererbt von Deinen Vätern hast, erwirb es, ums es zu besitzen!"*

Den Spruch fand ich immer so toll! Und „Den Tratsch im Treppenhaus", von mir gedichtet, spielte ich mit Ilse Baumgarten. Es war zu schön! Und ich erinnere mich gern an diese Zeit!

Spendenfreude

Etwas ist noch von Siemers Saal zu erzählen: In einem Wartezimmer las ich im Readers Digest, dass man vom Vatikan Kleiderspenden bekommen könnte. Mutter schrieb an die angegebene Adresse und nach einigen Wochen kamen zwei riesige Kisten in Wunstorf an, die von einem Pferdewagen abgeholt wurden. Frau Siemers stellte den Saal zur Verfügung, all die Kleidungsstücke wurden auf Tischen und Stühlen ausgelegt, alle Flüchtlingsfamilien kamen an und wurden reichlich ausgestattet!

Die Schloß Ricklinger staunten, als auf einmal ein Aschaffenburger Möbelwagen vorfuhr, bei uns einen großen Küchenschrank, eine Küchenkommode, einen Auszugstisch mit eingebauten Spülschüsseln und vier Stühlen ablud. Mutters Onkel, der Weingutsbesitzer in Nierstein war und irgendwelche Beziehungen hatte, machte das unserer Mutter als Geschenk! Das war natürlich ein toller Anfang!

Turnen

Damals war ich auch im Turnverein, konnte auch für Schloss Ricklingen manchen Wettkampf gewinnen, z. B. im Waldlauf und an den Geräten. Ich habe sogar noch ein Foto als Hochspringerin. Ich schaffte 1,55 m. Das war immer ein tolles Erlebnis! Es gab Urkunden und Siegerkränze! Meist lief ich barfuß, aber Frau Pfeiffer, die im Pfarrhaus wohnte, schenkte mir ein paar abgelegte Turnschuhe. Später sorgte Herr Wildhagen, der Vorsitzender im Turnverein war, dafür, dass ich einen Bezugschein für neue Turnschuhe bekam. Und irgendwelche Umzüge machten wir auch durchs Dorf, angetan mit weißen Blusen und Röcken und roten Schärpen. Da waren auch die Schützenbrüder dabei.

Zusammenhalt im Dorf

Erwähnen will ich noch, dass damals Herr Drawer dafür sorgte, dass wir als Heimatvertriebene von den Bauern unterstützt wurden. Ich bekam stets ein Pausenbrot von Heinz Wildhagen, das meist mit Leberwurst bestrichen war. Dieser Zusammenhalt zwischen all den Einheimischen und Flüchtlingen war doch beispielhaft. Und ich denke zurück an die gute Frau Marquardt, die mir auch noch ein Brot gab, wenn ich keine Marken mehr zum Einkaufen hatte, die waren eben immer zu knapp!

Ich erinnere mich daran, dass wir nach dem Unterricht zum Kartoffelkäfersuchen rausgeschickt wurden, aber auch zur Kartoffelernte. Besonders schön war es, wenn die Bäuerin ankam, eine Decke ausbreitete, Brote und Zuckerkuchen verteilte und Getränke gereicht wurden - es war wahrscheinlich selbst gemachter Apfelsaft - und eine Pause gemacht wurde. Und ich weiß auch, dass wir vom Förster angeleitet wurden, Kiefern zu pflanzen, und zwar auf dem Waldstück in Richtung Bordenau. Die Pflänzchen waren eigentlich nur so ein kleiner Zweig mit Wurzel. Als ich später dort war, sah ich einen richtigen Wald, der wohl 30 Jahre alt war.

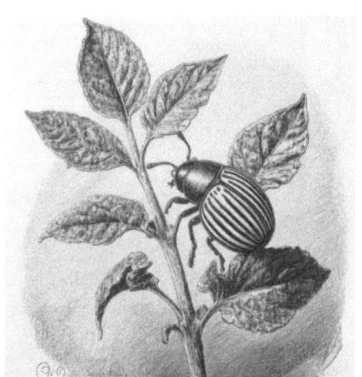

Ökumene leben

Und ich denke daran zurück, dass wir damals schon Ökumene lebten: Meine Mutter fragte den Pastor, ob wir nicht als Katholiken in der Barockkirche die Messe feiern könnten. Und Herr Pastor Wachsmuth hatte nichts dagegen! Eben fallen mir noch die Namen der hübschen

Kinder ein: Antja, Urte, Frauke, Heike, Silke, Wiebke und Dirk. Ich glaube, so hießen sie!

Wenn ich den Gemeindebrief lese, denke ich immer an die schöne Zeit zurück! Ich suche sehr oft nach vertrauten Namen, finde sie aber nur selten. Ich denke zurück an Marianne und Pussy Lüders, die ich auch zwischendurch einmal besuchte. Ich schlief damals im Hotel bei Heinrich Thiele, den ich sogar einmal als Schülerin der Buhmann Schule in Hannover hatte; denn ich wurde ja später Fachlehrerin an Berufsschulen.

Wann wir nach Hannover gezogen sind, weiß ich gar nicht mehr.

Auf meinem Zeugnis steht das Datum vom 28. Februar 1950. Also wohnten wir wohl nur knapp vier Jahre im Ort. Das sind also meine Erinnerungen an die schöne Zeit in Schloß Ricklingen!

Ursula Kozielski

Weg zum Bordenauer Wald 2018 (Foto Regina Schiewe)

Geschichten vom Mühlenberg

Der Mühlenberg gehört schon seit Jahrhunderten zu dem Land unserer Familie Thiele. Heute ist er ein Naturdenkmal aus der Eiszeit, eine Binnendüne ganz aus Sand, die der Wind über Jahre aufgeschüttet hat. Kaum zu glauben, dass man diesen großen Hügel als Wanderdüne bezeichnet, was sie auch wäre, wenn nicht die Bäume und Sträucher große Wanderungen verhindern würden.

Für uns Kinder war der Mühlenberg unser liebster Spielplatz: im Sommer konnte man sich verstecken und Buden bauen, im Winter war er der Rodelberg für ganz Schloß Ricklingen. Ich erinnere mich gut, wie wir als Kinder mit dem Schlitten in der Hand den Berg hochstapften, um mit viel Gejohle entweder die einfache Bahn oder die ganz gefährliche Todesbahn hinunterzufahren. Sie war steil und führte zwischen vielen Bäumen hindurch. Von oben herab wirkte das sehr gefährlich und es brauchte viel Traute, um es zu wagen. Im alten zerfallenen Ziegenstall, der zwischen den beiden Hügeln lag, also hinter den Glascontainern, trafen sich die Halbstarken des Ortes. Abgelegen genug, dass die Erwachsenen nicht alles mitbekamen. Ob sie wussten, dass es deshalb so seltsam roch, weil hier früher der einzige Ziegenbock des Ortes sein einsames Dasein fristete? Christian Baumgarten kümmerte sich um ihn, damit es in Schloß Ricklingen jedes Jahr kleine Oster-Zicklein gab.

Auch unsere Väter kannten den Mühlenberg als großen Spielplatz, und erzählen, wie sie im Winter, wenn es richtig kalt war, schwere Eimer mit Wasser hochgeschleppt haben. Oben ausgeschüttet bildete sich eine spiegelglatte Bahn, die sie dann mit Schlittschuhen bis über die Straße hinunter rasten.

Der Mühlenberg war nicht der einzige Sandberg in Schloß Ricklingen. Anfang des letzten Jahrhunderts war unser Dorf umgeben von Moor und Sand. Die Straßennamen wie Moorkamp oder Brandmoor und Am Sandberg sind die Zeugen dieser Zeit. Sieht man sich heute den Mühlenberg an oder den Pfarrwald in der Voigtstraße, der ebenfalls als Naturdenkmal geschützt ist, hat man eine kleine Vorstellung davon, wie es früher gewesen sein musste, als es noch Sanddünen Am Sandberg oder im Entenpool gab.

Vor ungefähr 100 Jahren wurde viel gebaut und die Ziegeleien in Garbsen brauchten den Sand. Unsere Großeltern wollten eine neue Scheune bauen und entschlossen sich, den Sand aus dem Entenpool abtragen zu lassen und an die Ziegelei zu verkaufen. Und so taten es andere auch. Warum der Mühlenberg noch steht? Dazu gibt es verschiedene Geschichten. Die einen sagen, unsere Großeltern überlegten miteinander: "Lass uns die andere Sanddüne stehen lassen, vielleicht brauchen unsere Kinder auch mal Geld, und dann können sie den Sand verkaufen und abfahren lassen."

Andererseits war der Mühlenberg schon immer der Windschutz für kühle Winde aus Nordwest und deshalb wichtig für die Gastronomie des Gasthauses Thiele auf der gegenüberliegenden Seite. Es war ein beliebter Anlaufpunkt für Besuchende aus Hannover und den umliegenden Orten, die mit Kutschen oder Fahrrädern am Wochenende in den Kaffeegarten kamen. Sogar mit Booten über die Leine kamen die Leute. Ein Teil des Waldes war wie ein kleiner Park angelegt und die Wege um die Tische wurden regelmäßig gefegt. Oder man setzte sich in die Grotte am Mühlenberg und beobachtete das Treiben von der anderen Straßenseite. Weiter rechts ging es lebhafter zu. Dort rollten die Kugeln der Garten-Kegelbahn. Wer aus Hannover mit der Kutsche angereist war, ging meistens zum Übernachten zu Siemer in die „Linde", denn dort waren Ställe für die Pferde und die Kutschen. Das waren noch Zeiten!

Heute kann man ihn nicht mehr betreten, und die Kinder kommen nicht mehr zum Rodeln. Zum Ausgleich haben die Störche dort ein zu Hause gefunden. Im Spätsommer, wenn sie sich zu ihrem Flug in den Süden sammeln, suchen sich manchmal 10 und mehr Jungstörche in den Bäumen einen Schlafplatz. Ein grandioser Anblick.

Meike Seifert und Regina Thiele

Kinder vor dem Mühlenberg 1942 (Foto Familie Thiele)

Rund um die Kirche

Mein Kirchhof war gleich rund rum mit vorgesehen
Und bald konnte man auf einer grünen Wiese zu mir gehen.
(Im Jahr 1694)
Doch angelegt war damals er noch nicht wie heute,
Begräbnisstätte aber für das Dorf und seine Leute.

Mit einer festen Mauer rings umgeben war der Trauerort,
glich einem Hafen – wo am Ende ging der Anker über Bord.
Buchsbaum im Barock gab in Hannover es im Großen Garten,
Auf dem Lande ließen Hecke und Grabstein noch auf sich warten.

Bis dahin wurde auf der Wiese beigesetzt - zur Ruh geleitet,
aufgebahrt vorher im Haus und dann vom Dorf zu mir begleitet.
Meine Kirchhof-Wiese wurd auch sonst genutzt bei Sonnenschein:
Wäschestücke ausgebreitet, konnten dort schnell trocken sein.

Wisst Ihr, was vom Beginn –bis heute- so geblieben ist?
Unzählig viele Menschen versuchten es mit mancher List:
„Die Biester können doch in der Natur woanders leben" war der klugen
Meinung man.
Wühlmäuse und Maulwürfe, die sind andrer Ansicht eben: „Keiner uns
vertreiben kann!"

Geschöpfe Gottes sind sie auch, müsst Ihr bedenken
und gern mal Euren Sinn auf unsren Herrgott lenken....
...und auf meinen Friedhof: (wie er später genannt wurde)
Ein Buch des Lebens, aufgeschlagen,
das kann auch heute euch noch sagen,

was Kultur und die Geschichte der Gemeinde zu berichten haben
über Abschied, Umgang, Würde - war und ist - mit denen, sie
begraben...!

Ursula Wiebe

Kirche Schloß Rickingen 1930 (Foto)

Die ALTE KIRCHE erzählt

Originalsarg Turmraum 2021 (Regina Schiewe)

Ich ALTE KIRCHE hatte nicht damit gerechnet, dass in mir eine Begräbnisstätte angelegt würde, denn dafür gab es doch den Kirchhof. Aber meine Erbauer-Familie Voigt gehörte ja zur weltlichen Oberschicht und ließ viele ihrer Toten in prächtigen Schmucksärgen und Urnen in meinem Turmraum bestatten. Aus statischen Gründen war es nicht möglich, eine Keller-Gruft unter mir zu bauen. Das Dorf-Volk fand aber unter dem Rasen seine letzte Ruhe, wie es vor drei Jahrhunderten hier üblich war: „Der Leichnam wird der Erde anvertraut, damit er wieder zu Erde werde, davon er genommen ist." Dass unser Leben begrenzt ist und ganz allein in Gottes Hand liegt, war für meinen Erbauer sehr bedeutend.

Erst viele Jahrzehnte nach ihm wurden die typischen Barock-Buchsbaumhecken gepflanzt, mit denen die Grabstellen eingegrenzt waren. Acht waren für jeden Hof eingeplant, und man legte Grabhügel an. Auch pflanzten sie Bäume. So nach und nach wurden die aber zu knorrig und mächtig und warfen viel Laub ab und störten bei dem häufigen Harken, oder ihr Wurzelwerk richtete Schaden an. Inzwischen stellte man Grabsteine mit Inschriften auf, oft aus Sandstein. Ich empfand meinen Kirchhof zu allen Zeiten als einen schützenden *„Freiraum, wo die Seele einen Hauch von Ewigkeit atmen kann."*

Nun freue ich mich, dass ringsum wieder eine kleine Natur-Oase entsteht: Eine Insel der Ruhe und des Trostes, der Hoffnung auf das Leben mit und bei Gott und der Begegnung von weiterhin vielen Menschen. Wie gut, dass es zu den bestehenden Grabstellen ganz verschiedene Möglichkeiten der Begräbniskultur gibt und noch vielseitiger geben wird. -

„Von guten Mächten wunderbar geborgen – erwarten wir getrost, was kommen mag...."

Ursula Wiebe

Flachs und Leinen!

Anfang des Krieges wurden die Bauern verpflichtet, gewisse Produkte anzubauen. Dazu gehörte auch Flachs. Mein Großvater hatte eine kleine Fläche im Büh mit dieser Frucht angebaut. Im Spätsommer, wenn die Erntezeit kam, wurde diese Pflanze nicht gemäht, sondern ausgezogen und in Garben gebunden und zum Trocknen aufgestellt. In der Jungmädchenzeit meiner Mutter hat ihre Familie diesen Flachs zur eigenen Verarbeitung angebaut, um später die Aussteuer der Mädchen davon herzustellen. Die Mädchen mussten von der Ernte, alle Arbeitsgänge bis zum Weben selber machen. Spinnen, Weben, Bleichen auf der Wiese. In den ererbten Stücken wie Geschirrtüchern sind noch bräunliche Faserreste, die beim Hecheln nicht ganz entfernt wurden, sichtbar. Nach mehrmaligem Gebrauch verlieren sich diese Spuren.

Franz Wollny

Feldarbeit um 1930 (Foto Familie Wollny)

Wegeners Hof

In meiner frühen Kindheit stand auf dem Hof Wegener/Siemers ein großes Gestell aus Baumstämmen, so hoch, dass ein Lastwagen darunter herfahren konnte. Etwa 500 Meter westlich vom Hof wurde eine Grube ausgebeutet. Hier wurde nach Kies gegraben, dem sogenannten Leinekies. Der Kies wurde auf Loren geschaufelt und auf Schienen auf dieses Gestell gefahren. Bei Bedarf, wenn ein Lastwagen darunter stand, wurden die Loren abgekippt. Jahre später haben wir Kinder mit dem Untergestell einer Lore gespielt. Das Gelände ging etwas bergab. Nach einem kleinen Anlauf sprangen wir darauf und fuhren bis kurz vor den Kiesteich. Heute stehen auf der Trasse Reihenhäuser am Lönsweg. Kiesabbau hat es in Jahren des Fährbetriebes immer gegeben. Die Ackerböden in Schloß Ricklingen waren nicht gerade die Besten. Wie mein Großvater sagte: *„je neuger de Deister um so grötter de Beister"* machte deutlich, wie über die Nachbarn auf der anderen Leineseite gedacht wurde. Das Verhalten untereinander war wohl eher ein Angespanntes. Die alten Strukturen waren von Wald, Sandbergen und Moor geprägt. Die Einkommen waren alle sehr schmal. Um die Höfe unterhalten zu können und weiter entwickeltes Ackergerät zu kaufen, konnte man mit dem Kies- und Sandabbau einen Zugewinn erwirtschaften. Es waren einige Betriebe, die von diesen Möglichkeiten Gebrauch machen konnten. Sand, Kies, Moor und Wald hatten nicht alle Betriebe. Durch den Verkauf dieser Produkte konnte das Bestehen dieser Höfe gesichert werden. Auch die Fährleute konnten bei Trockenheit in der Fährfurt nach Kies graben. Neben dem Fischfang sicherte man sich so einen bescheidenen Zugewinn.

Franz Wollny

Torf stechen und backen

Torfstechen um 1930 (Foto Familie Wollny)

Nach der Heuernte, dem zweiten Schnitt (Grammerernte) im Herbst, wurden die Tage genutzt, um im Kuntzen-Moor Torf zu stechen oder zu backen. Die Fläche vor dem Graftgraben nannte man Kuntzen-Moor nach dem Eigentümer. Diese Fläche, in Parzellen aufgeteilt, wurde dann von Interessierten ausgebeutet, um Brennstoff für den Winter zu schaffen.

Mit allerlei Gerätschaften ging es morgens früh ins Moor, dann wurde auf der abgeteilten Fläche die obere Schicht abgegraben, in Ziegelgröße. Diese Stücke nannte man Bülte. Diese ziegelgroßen Stücke wurden je zwei lang und zwei quer aufgestapelt zum Trocknen. Die darunter folgenden Schichten wurden ebenso wie die Bülte aufgeschichtet und getrocknet. Wenn die Sohle erreicht war, wurde loser und zerbrochener Torf mit Wasser zu einem Brei getreten. Dieser wurde zu einem Beet gegossen und am nächsten Tag, wenn die Masse angetrocknet war, in ebensolche Stücke geschnitten. Wenn die kleinen Haufen getrocknet waren, konnten diese zu größeren Blöcken gestapelt werden. Nach der Kartoffelernte war die Zeit gekommen, dass der Torf so weit getrocknet war, um ihn einfahren zu können. Es kam auch schon mal vor, dass Rinder oder Kühe, wenn diese ausgebrochen waren, die Haufen umgeworfen haben. Dann gab es Streit darüber.

Alles in allem habe ich diese Tage in fröhlicher Erinnerung. Es gab mittags Milchsuppe mit Klümpchen. Dazu wurde ein "Stolpstücke" gereicht, das waren zwei Scheiben Brot, in der Mitte mit Butter, Wurst oder Schinken.

Franz Wollny

Pferdemusterung

In den Kriegsjahren 1941–1943, wurden die Pferde der Schloß Ricklinger Landwirte einer Musterung durch das Militär unterzogen. Je nach Verwendungsbedarf und deren Tauglichkeit wurden die Pferde eingezogen. Mein Großvater hatte eine Stute, Flora hieß diese. Jedesmal, wenn eine Musterung anstand, war Flora trächtig und entging somit dem Weg in den Krieg. Das Ganze spielte sich auf dem Kirchweg vor dem Gasthaus Thiele ab. Gegenüber dem Hof meines Großvaters ist ein Sandberg auf dem ich viele Stunden verbrachte, ein paradiesischer Sandkasten. Die Aktivitäten des Militärs konnte ich meistens aus der Nähe beobachten. Morgens kam eine größere Gruppe Militär angereist, um die Pferde zu begutachten und die tauglichen Pferde mitzunehmen.

Den betroffenen Landwirten konnte man die Enttäuschung, den Zorn, ja auch Tränen ansehen. Als Entschädigung für den Verlust konnte bei etwas Glück mit einem nicht kriegstauglichen Beutepferd zu rechnen sein.

Franz Wollny

Oma Thiele

Oma Thiele 1940 (Foto Fam. Thiele)

Es muss so um 1938 gewesen sein, dass ich für längere Zeit bei meiner Tante abgegeben wurde. Es gab dann auch schon mal mit meinen beiden Basen Streitereien, die führten dazu, dass ich mein Nachthemd unter den Arm klemmte und Richtung Opa Bradenstahl ging. In Höhe Gasthaus Thiele saß Oma Thiele im Alkoven mit ihrem Strickzeug und beschäftigte sich damit. Bei meinem Auftauchen rief sie mich zu sich und sagte "Fränzchen nimm doch den Kinderwagen und schieb diesen bis Scharnhorst und zurück".

Bei meiner Rückkehr gab sie mir mein Nachthemd, das sie mir vorher abgenommen hatte, wieder zurück. Dann schickte sie mich wieder in die Richtung, aus der ich gekommen war. Meine Tante wohnte auf der Bultriede, mein Opa "auf dem Berge" als Nachbar vom Hof Thiele.

Franz Wollny

Meine Schulzeit in Schloß Ricklingen

Obwohl ich Ostern 1939 in Schloß Ricklingen zur Schule angemeldet wurde, ging ich in Neu Beckum zur Schule. Das hing mit dem Umzug meiner Eltern von Seelze nach dort zusammen. Ein erneuter Umzug nach Peine veranlasste diesen Umstand, dass ich etwa zwei Jahre, von 1941-1942, hier zur Schule ging, bei Fräulein Nippold.

In dieser Zeit machte die Klasse kurz vor den Sommerferien einen Ausflug zum Blauen See.

Jeder nahm sich eine Tagesverpflegung mit. Es ging dann zu Fuß dorthin zum Baden. Zur Unterstützung nahm Fräulein Nippold zwei größere Jungen mit. An der Seeseite zum Graftgraben hin gibt es eine größere Fläche, die flach ist und von uns Kindern genutzt werden konnte.

Die meisten von uns konnten noch nicht schwimmen. Auch ich habe später das Schwimmen in Siemers Kiesgrube gelernt. Dieser Ausflug war für alle Schulkinder ein besonderes Erlebnis.

In den Sommerferien wurden in den Klassenzimmern Seidenraupen für die Fallschirmproduktion gezüchtet. Die älteren Schulkinder mussten dafür Maulbeerblätter suchen und die Raupen damit füttern.

Franz Wollny

Schutzbunker in Schloß Ricklingen

Wir hatten das Kriegsjahr 1944, es war Herbst, wieder einmal Ferien. Ein Herbsttag mit Regen. Es sollten im Dorf Bunker gebaut werden. Der dafür benötigte Kies sollte aus der Marsch geholt werden. Der Ort hieß „Auf dem Krühmann" und bezeichnete eine Weidefläche vor der Autobahn direkt an der Leine.

Mein Großvater wurde mit der Spannarbeit beauftragt, ich durfte mit Pferden und Kastenwagen den Transport übernehmen.

Die Gefangenen des Dorfes, die auf die Höfe verteilt waren, haben den Kies aufgeladen. Dann ging es zum Schulgarten in die Burgstraße, zum heutigen Grundstück Pallasch, wo abgeladen wurde. Diese Aktion wiederholte sich dann noch einmal. Wie wir heute wissen, sind keine Bunker mehr gebaut worden.

Franz Wollny

Die ersten belgischen Kriegsgefangenen

Anfang des Krieges 1940/41, kamen die ersten Kriegsgefangenen nach Schloß Ricklingen. Es waren Belgier, Flamen und Wallonen. Diese wurden im alten Haus gegenüber vom Gasthaus Thiele untergebracht. Einer der Gefangenen, Josef Engels, ein Flame, wurde meinem Großvater zugeteilt. Mit Josef gab es keine Sprachschwierigkeiten. Flämisch ist unserem Plattdeutsch fast gleich. Josef hatte ein großes Problem. Er hatte seinen Bömmel am Käppi nicht mehr, das ein Erkennungszeichen der flämischen Soldaten war. Er wollte nicht als Wallone gekleidet und angesprochen werden. Josef bat meine Mutter, ob sie ihm nicht einen Bömmel machen könnte. Meine Mutter suchte rotes Wollgarn und in wenigen Stunden war das Problem gelöst. Josef hat meinem Großvater berichtet:

"Heini hat he segt wie schöt nich scheiten, wie het ooch nich geschoten."

Diese Belgier wurden auch bald in ihre Heimat entlassen. In einem Stein in der Hauswand hat sich Josef verewigt.

Im Jahr 1975, zur 750 Jahrfeier, waren einige der damaligen Belgier Gäste unserer Gemeinde.

Franz Wollny

Beschriftung am Haus Karl-Prendel-Str. 18
(Foto Familie Wollny)

Die Eisprüfung, trägt es oder nicht?

Ich war wieder einmal in den Weihnachtsferien in Schloß Ricklingen. Bis zum zehnten Lebensjahr war ich ein ständig kränkelndes Kind. Ich brachte nur ein geringes Gewicht auf die Waage. Von allen Altersgenossen war ich der schwächste und leichteste.

Es war ein frostiger kalter Tag und meine Altersgenossen trafen an der Brenneriede zusammen, um die Tragfähigkeit des Eises auf diesem Gewässer zu prüfen. Ganz klar, ich wurde verdonnert als erster auf die andere Teichseite zu "schlindern", das Eis war am wabbeln, aber ich kam heil auf die andere Seite. Meine Altersgenossen hörte ich rufen,

"Fehich, Fehich kum her, wie wütt en beten Fett moken". Gemeint war ein älterer Junge aus der Nachbarschaft. Dieser war kräftig und wog doppelt so viel wie ich damals. Es kam, wie es kommen musste, dieser Junge wollte diese Aktion nachmachen und brach in der Mitte des Teiches ein. Das Eis war also nicht tragfähig.

Franz Wollny

Kartoffelferien

In den letzten Kriegstagen wurde die Autobahnbrücke über die Leine gesprengt. Das folgende große Hochwasser hatte alle Fundamente beschädigt. Ein oder zwei Jahre nach Kriegsende ging man dabei,  um die Brücke wieder zu erneuern. Abgesackte Fahrbahnflächen sollten gesprengt werden.

In dieser Zeit war die Dorfjugend damit beschäftigt, Kühe der Landwirte in der Marsch zu hüten. Es war ein trockenes Jahr, es gab kaum einen grünen Halm Gras, was die Kühe hätten fressen können nach dem letzten Schnitt. Um die Kühe besser unter Kontrolle zu haben, wurden diese in die Meerwiese, so die Bezeichnung einer Landzunge an der Leine, getrieben. Jedes Mal, wenn eine Kuh ausreißen wollte, war ich an der Reihe und musste laufen. Für die nächsten Tage haben wir den Kühen Bindfäden an die Schwänze gebunden. Die Rennerei hörte damit auf, denn nun konnte ich die mir anvertrauten Kühe erkennen.

Eines Tages kam der Sprengmeister zu uns. Es war noch nicht einmal Kaffeezeit, und ordnete an, dass die Kühe an einen anderen Ort getrieben werden müssen, da dieser eine Sprengung durchzuführen habe. Wir und die Kühe waren gefährdet. Es wurde palavert, wohin können wir die Kühe treiben. Ein Älterer von uns Jungen bestand darauf, auf den Dorn zu ziehen, eine Fläche hinter der Autobahn, eine schmale Wiese zwischen Leine und "Blauer See". Ansonsten war das kein Problem, nur was keiner bedacht hatte, war ein Rübenacker gleich hinter der Autobahn. Der Acker von Adolf Wegener.

Die Gelegenheit für die hungernden Kühe, alle ohne Ausnahme haben hier ein paar Bissen von diesem frischen Grün genossen. Wir Jungen hatten alle Hände voll zu tun, um die Herde weiter zu treiben, was uns nach einiger Zeit auch gelang. Der spätere Nachmittag verlief ruhig, da hier genügend Futter vorhanden war. Gegen Abend wurden die Kühe zum Tränken an den See geführt, bevor es in die heimatlichen Ställe ging.

Wie die von mir betreuten Kühe den Hof meines Onkels betraten, sah ich schon, dass etwas nicht stimmte. Adolf Wegener palaverte mit meinem Onkel darüber, dass nur die Kühe meines Onkels seine Rüben gefressen hätten. Zur Aufklärung muss ich sagen, dass zwei Kühe eine außergewöhnliche Farbe hatten, die Einzigen in dieser Gemeinde, also keine schwarzbunten. Zu meiner Verteidigung konnte beitragen, dass auch seine Kühe daran beteiligt waren und alle anderen mit ihnen. Also zog Adolf Wegener ab und die Sache war damit erledigt.

Franz Wollny

Fischfang der besonderen Art

Im Kriegswinter 1943/44 hat sich mein Onkel in Russland starke Erfrierungen zugezogen und kam in ein Lazarett in Halberstadt. Wie es denn so sein sollte, haben mein Onkel und eine Krankenschwester zueinandergefunden und geheiratet.

Wie es nun an der Zeit war, die Zukünftige meinem Opa vorzustellen, wurde im Haushalt meines Großvaters viel unternommen. Meine Oma war seit gut einem Jahr verstorben und meine ältere Base hatte den Haushalt geführt. Zu diesem Anlass sollte etwas Besonderes auf den Tisch kommen, es sollte Fisch geben.

Siemers Kiesteich war zugefroren, mein Opa und ich zogen mit Korb, Axt und Kartoffelgräpe zum Teich. Dort wurde ein größeres Loch in das Eis geschlagen. Nach einer längeren Zeit hat mein Opa die Gräpe vorsichtig ins Wasser gelassen. Dann wurde  diese mit Schwung nach oben gehoben und das Ergebnis in den Korb gegeben. Nach mehrmaligem Anheben hatten wir für eine große Mahlzeit genug Fisch und konnten diese sortiert mit nach Hause nehmen.

Mein Opa war in seiner Jugend Fährmann und hat diesen Beruf mit seinem Vater bis 1893/94 ausgeübt. Der Bau einer Leine Brücke machte die Fähre überflüssig. Mit der Fähre waren Fischereirechte verbunden im Gemeindebereich. Diese wurden bei Wegfall der Fähre auf 99 Jahre als Entschädigung zugestanden. Mit der rasanten Industrieansiedlung kamen Schadstoffe in die Leine und der Fischbesatz ging zurück. Von Fischerei, wie in früheren Jahren konnte man nicht mehr sprechen.

Auf der Diele meines Opas hingen Aalreusen. Diese wurden im "Wadebüh" noch manchmal eingesetzt. Doch große Erfolge gab es nicht. Mit den Jahren hat man diese Art des Fischens ganz aufgegeben.

Franz Wollny

Ein Flugzeug landet auf dem Hohen Feld

Spätsommer 1944: Ein Flugzeug mit italienischer Besatzung bekam auf dem Wunstorfer Flughafen keine Landeerlaubnis; aus welchen Gründen auch immer. Später wurde bekannt, dass der Sprit ausgegangen sei, andere Stimmen sprachen von Meuterei. Zu dieser Zeit war Italien noch Bündnispartner Deutschlands. Für uns Jungen und Mädchen, war das ein besonderes Ereignis. Ich war kurze Zeit später wieder in den Ferien in Schloß Ricklingen und durfte an den Aktivitäten der Dorfjugend teilnehmen.

Das zweimotorige Flugzeug hatte auf dem Acker eine Bauchlandung hingelegt. Vom Flughafen Wunstorf wurden nach einiger Zeit Monteure beauftragt, die Maschine wieder flott zu machen. Die Maschine wurde auf die Räder gestellt, die verbogenen Propeller ausgetauscht und flugfähig gemacht. Dann fand sich keiner, die Maschine zu starten. Die Startbahn konnte selbst mit den Lochblechen nicht hergerichtet werden.

In der Anfangszeit der Landung dieser Maschine konnten wir Kinder Pilot spielen, indem wir abwechselnd auf dem Sitz Platz nahmen. Einer von uns Jungen, der auf dem Pilotensitz Platz genommen hatte, ist später Pilot geworden.

Franz Wollny

Kriegsende, Mai 1945

Nach Einmarsch der Amerikaner in Peine, durften die Einwohner nur für einige Stunden tagsüber auf die Straße. Die meisten Leute wohnten noch in Schutzkellern. Mein Vater war im Krieg, meine Mutter im Einsatz beim „Roten Kreuz". Zu dieser Zeit war die Autobahn am Tage die Hauptverbindung Richtung Westen. Ca. 14 Tage nach Einmarsch der Amerikaner habe ich mein Fahrrad genommen, mich einer größeren Gruppe angeschlossen, um nach Schloß Ricklingen zu fahren. In Höhe Vinnhorst kam es zu einem Zwischenfall. Wir wurden von zwei Polen angegriffen, aber die Frauen in der Gruppe waren mit Schneiderscheren ausgerüstet und konnten diese Attacke abwehren. Geblieben war ein beschädigtes Fahrrad, das nach zwei Stunden wieder hergerichtet war, um wieder weiterzukommen. Je nach Fahrziel wechselten die Teilnehmer, ich verließ die Gruppe in Höhe des heutigen Golfplatzes in Schloß Ricklingen.

Meine Verwandten waren sehr erschrocken, als ich plötzlich auftauchte. Hier wohnten noch alle in ihren Kellern. Sehr erschrocken war ich dann doch, als ich zu meinem Großvater kam und dort auf der Kreuzung zwischen dem heutigen Lönsweg, Burgstraße und Karl-Prendel-Straße an die 20 Kettenfahrzeuge sah, die alle nicht mehr einsatzfähig waren. Im Vorgarten meines Großvaters stand ein zerstörter Panzer der Alliierten. Nach ein paar Tagen ging es bepackt mit etwas Essbarem wieder zurück. Die Rückfahrt war insofern leichter, als ich mich an einen amerikanischen Jeep anhängen durfte. Diese fuhren nicht schnell. Unterwegs wurde ich mit allerlei schönen Dingen, wie Schokolade, verwöhnt.

Franz Wollny

Kriegsende, Sommer 1945

Es war das Jahr 1945, Spätsommer. Der Krieg war zu Ende. Viele landwirtschaftliche Geräte haben in den letzten Kriegstagen Schaden genommen. Bei meinen Verwandten hatte es die Ackerwagen erwischt. Mein Onkel, der als Verwundeter vor dem Kriegsende nach Hause entlassen wurde, konnte mit dem Sohn des Schmiedemeisters Laudi Wagenräder und Achsen von Kriegsgeräten wie z.B. "Gulaschkanone" und anderen von Pferden gezogenen Fahrzeugen abbauen. Diese waren aufgeschichtet zu einem hohen Haufen an der Autobahn kurz vor der Abfahrt Langenhagen. Den Abtransport durfte ich als zwölfjähriger mit Pferd und Wagen vornehmen. Der Wagen wurde mit einigen Bunden Stroh beladen, um später die Räder damit abzudecken. Dann ging es auf der Autobahn zurück nach Schloß Ricklingen.

Von diesen Rädern ist eines in meinen Besitz und dient uns als Tisch, es dürfte heute 78 Jahre alt sein. An der Radinnenseite befindet sich eingebrannt die Jahreszahl 1936 und F.F.E 250. Das dürfte möglicherweise auf eine Zugehörigkeit zu einem Bataillon hinweisen.

Franz Wollny

Kriegsschäden

Bombenabwürfe hat es in Schloß Ricklingen auch gegeben. Im Brandmoor wurde ein Haus getroffen und ein weiteres brannte völlig aus.

Bei Kampfhandlungen ging so manches entzwei, leichte bis mittlere Bauschäden sind heute noch sichtbar,

bei Kruse/Edling in der Karl-Prendel-Straße. Meine Tante wurde auch mit einem größeren Schaden am Haus betroffen. Im kleinen Wohnzimmer wurde eine Hausecke getroffen, hier stand ein Eckschrank mit dem ererbten Porzellan meiner Mutter. So wurden auch wir in gewisser Weise durch Kriegseinflüsse geschädigt.

Franz Wollny

Deutsche als Kriegsgefangene

Im Sommer 1945 wurde ein Lager für deutsche Gefangene, von den Briten in Luthe eingerichtet. Von Schloß Ricklingen aus gesehen, genau gegenüber von Kracken`s Kohlgarten und schräg gegenüber dem Schifferberg. Mein Onkel hatte von den Luther Bauern einen Tipp bekommen, eine Fuhre Stroh dort hinzubringen. Es war so möglich, in das Lager zu gelangen. Es wurde ein Fuder Stroh geladen und ab ging es nach Luthe. So kam es, dass ich mitfahren und das Lager betreten durfte. Der Schwager meines Onkels war hier im Lager und so konnten beide Kontakt zueinander aufnehmen. Ebenfalls war Peter Popp, der früher bei Hohmeyer wohnte, in diesem Lager untergebracht. Auch hier konnten kurz Verabredungen getroffen werden. Stroh war wichtig, um den Gefangenen einen etwas trockenen Schlafplatz zu ermöglichen.

Die Versorgung mit Lebensmitteln war jedoch knapp und so kam es, dass einige Gefangene aus dieser Gegend durch die Leine schwammen, um sich auf Ricklinger Seite mit Essbarem zu versorgen. Der Altbauer Hohmeyer und auch andere haben hier manchen Abend am Flussufer verbracht. Im Spätsommer kam es zu stärkeren Regenfällen und die Leine stieg gefährlich an. Aber eine Verlegung des Lagers war noch nicht nötig. Einem Bericht nach hatte der damalige Oberkommandierende angewiesen, Gefangene aus der Landwirtschaft beschleunigt zu entlassen. So kam es, dass nach Schloß Ricklingen eine ganze Reihe von deutschen Gefangenen entlassen wurden.

Die Bewachung des Lagers war nicht übertrieben. Nur der Teil, in dem SS-Angehörige untergebracht wurden, war mit Stacheldraht abgesichert. Um vor Überraschungen sicher zu sein, wurden täglich der Wetterbericht und die Wasserstände gemeldet.

1946 musste das Lager wegen des großen Hochwassers aufgegeben werden. Es wurde dann in die Heide verlegt.

Franz Wollny

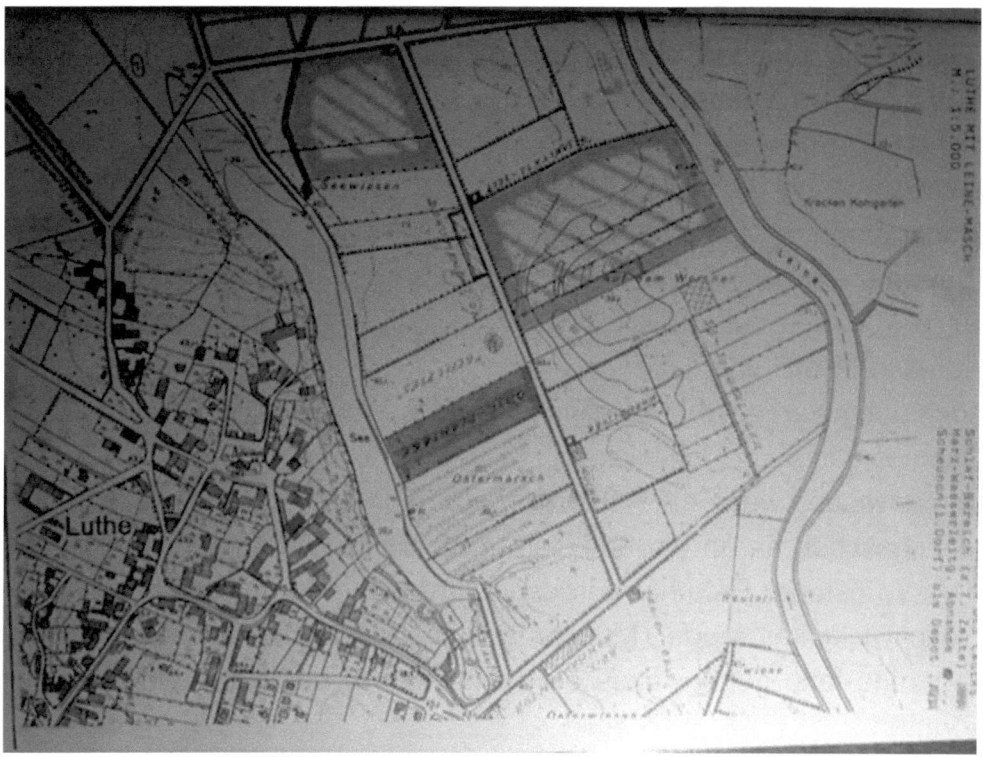

Ehemaliges Kriegsgefangenenlager Luthe (Foto Familie Wollny)

Der Kohlenzug

Die Winter nach dem Krieg waren erbarmungslos. Eisige Winde fegten über die Felder, die Dächer der Häuser waren unter einer dicken Schneeschicht begraben, und die Kälte kroch durch jede Ritze. Brennmaterial war kaum zu bekommen, und die wenigen Holzreste, die

noch übrig waren, verbrannten viel zu schnell.

Doch es gab auch Lichtblicke.

Immer wieder, wenn ein Kohlenzug aus Wunstorf in Richtung Hannover fuhr, geschah es an ein und derselben Stelle. Kurz nach dem er aus dem Wunstorfer Bahnhof herausgefahren war, verringerte der Zug die Geschwindigkeit wieder. Manchmal stoppte er sogar für einen Moment – gerade lang genug, dass die Menschen in der Nähe ihn erreichen konnten.

Männer, Frauen, sogar Kinder, die sich an der Bahntrasse versteckt gehalten hatten, wagten sich hinaus, bepackt mit Säcken, Eimern oder nur mit bloßen Händen. In Windeseile griffen sie nach den schwarzen Brocken, die ihnen Wärme versprachen.

Niemand wusste, warum der Zug hielt. War es ein Zufall? Ein technisches Problem? Oder steckte jemand dahinter?

Die Nächte vergingen, der Schnee blieb, doch in Schloß Ricklingen flackerte wieder Licht in den Öfen. Die Menschen konnten es kaum glauben – es war, als hätte der Winter selbst einen Moment innegehalten, um ihnen Gnade zu erweisen.

Niemand sprach je darüber, und niemand stellte Fragen. Aber bis heute gibt es in Schloß Ricklingen eine Geschichte, die immer wieder erzählt wird – von einem Winter, in dem ein Zug hielt, obwohl er es nicht hätte tun dürfen. Und von einem Unbekannten, der vielleicht wusste, was er tat – oder vielleicht auch nicht.

Regina Schiewe

Verhinderte Brückensprengung

Das Gasthaus Thiele ist den Schloß Ricklingern gut bekannt. Aber nicht viele wissen, wie damals 1945 mein Großvater Wilhelm Thiele die Brücke vor der Sprengung bewahrte. Die Geschichte ist durch seine Söhne Heinrich und Willi so überliefert:

Am Ende des Zweiten Weltkriegs, im Frühjahr 1945, als der Krieg schon verloren war, gab Hitler den Nero-Befehl: Alle Industrie und Infrastruktur sollten zerstört werden, um nichts dem Feind zu überlassen.

Nicht lange danach kamen die Pioniere der Deutschen Wehrmacht auch nach Schloß Ricklingen und es hieß: Die Brücke muss gesprengt werden. Sie legten Sprengladungen an und schon am nächsten Tag würde die wichtigste Verbindung nach Wunstorf und Neustadt zerstört sein.

Viele Bauern waren nicht mehr im Ort, die meisten eingezogen im Krieg, mein Großvater war krank und deshalb nicht dem Volkssturm beigetreten. In seiner Gaststube trafen sich die dagebliebenen und älteren Bauern und einer von ihnen muss wohl gehört haben, was die Pioniere vorhatten.

Meine Großmutter Elfriede rief erschrocken aus: „Willi, das kannst Du nicht zulassen, wie soll ich denn zu meinen Eltern nach Luthe kommen?" Und andere stimmten mit ein:

„Ich habe doch mein Land auf der anderen Seite – wie soll ich das noch bewirtschaften?", war eine große Sorge.

Doch es gab auch Bedenken: „Wenn der Befehl kommt, müssen wir uns beugen. Alles andere ist viel zu gefährlich".

Aus dem Fenster des Gasthauses sahen sie die Soldaten zur Brücke gehen und wurden still. Da ließ mein Großvater das Bierglas auf den Tisch fallen:

„Wenn wir das zulassen – wir kriegen nie wieder eine Neue".

Die Sonne ging unter und als es richtig dunkel geworden war, schlich sich mein Großvater mit einigen Mutigen zur Brücke. Im Schatten des Mühlenberges ließen sie die Kegelbahn links liegen. Dann verließen sie den Weg und huschten vorsichtig die Wiesen hinunter, um nicht den Landsern, die auf der anderen Seite bei Hesse lagerten, ein Ziel zu bieten.

An der Brücke entdeckten sie die Sprengladungen an den Pfeilern und Ankerkammern. Sie gingen sehr vorsichtig vor, um jede Einzelne zu finden und unschädlich zu machen.

„Wir haben es geschafft! Heute wird die Brücke nicht gesprengt", sagte mein Großvater zu meiner Großmutter, als er sich zufrieden neben sie ins Bett legte. „Aber wir dürfen niemanden gegenüber ein Wort darüber verlieren, sonst werden wir erschossen."

Am nächsten Tag gingen die Pioniere von Haus zu Haus, um die Saboteure zu finden. Doch alle hielten dicht! Die Panzer der Amerikaner rollten mit Panzern zwei Tage später aus Bordenau an und beendeten den Krieg in Schloß Ricklingen. Die Brücke war gerettet!

Regina Thiele

Kartoffeln dämpfen

Im Krieg und in der Nachkriegszeit waren alle damit beschäftigt, die Versorgung mit Lebensmitteln zu sichern. In jedem Haushalt wurde ein Schwein gemästet und bei den Landwirten entsprechend mehrere. Gefüttert wurden die Tiere mit Kartoffeln, ein wenig Schrot und Wasser. Die Kartoffeln konnten aber nicht roh gefüttert werden, sie mussten gekocht werden. Dafür gab es in Schloß Ricklingen einen gemeinsamen, großen Dämpfer, der von allen Bauern genutzt wurde. Die Organisation und die Befeuerung lagen in den Händen von Friedrich Bradenstahl. Der Dämpfer wurde mit Holz geheizt. Im Herbst wurden die Futterkartoffeln, die schon vorher aussortiert worden waren, gedämpft und dann in gemauerten Erdgruben eingelagert.

Später fuhren die Bauern nach Hagen, wo es eine Firma gab, die das Dämpfen übernommen hat. Dafür wurden auf dem Ackerwagen Rohre ausgelegt, darauf die Kartoffeln gekippt und dann nach Hagen gefahren. Dort leitete man den Dampf durch die Rohre und die darauf liegenden Kartoffeln wurden gedämpft.

Später streckten die Schloß Ricklinger Bauern das Futter für die Schweine durch den sehr nährstoffreichen Treber, ein Abfallprodukt bei der Bierproduktion. Sie holten es von der Herrenhäuser Brauerei. Aber nicht zuviel, sonst schmeckte das Fleisch nicht.

Heute gibt es in Schloß Ricklingen kein Schwein mehr und in den großen Mastbetrieben im Oldenburger Land bekommen die Tiere nur das Futter, das der Computer ausrechnet.

Rosa Thiele

Hausschlachtung

Es waren schlechte Zeiten, damals nach 1945. Essen war knapp. Lebensmittel gab es gegen Marken oder auf dem Schwarzmarkt. Fast jeder, der einen Stall hatte, hielt sich neben Hühnern, Kaninchen und Ziegen ein Schwein. Gefüttert wurden die Schweine mit gekochten Kartoffeln, den Schweinekartoffeln, etwas Schrot und Resten vom Mittagessen.

Mein Vater war Hausschlachter und ab November hatte er viel zu tun. Jetzt wurden die Termine vereinbart, um die Schweine ihrer Bestimmung zuzuführen. Oft habe ich meinen Vater dabei begleitet und konnte auch als Kind bei vielem helfen. Vor dem Schlachten musste der Fleischbeschauer kommen und das Tier ansehen, ob es gesund war.

Zuhause begannen jetzt große Vorbereitungen. Der Hof wurde aufgeräumt, der große Trog gereinigt, die Konservendosen vom vorigen Jahr in die Schneidemaschine gespannt und der Rand abgeschnitten. So konnten sie ein zweites Mal genutzt werden.

War das Schwein ausgenommen, d. h. aufgeschnitten und von den Innereien befreit und mit viel Wasser gesäubert, dann kam der

Fleischbeschauer erneut. Er nahm Proben für die Trichinenschau, die er direkt in der Küche unter dem Mikroskop untersuchte. War alles in Ordnung, bekam das Tier an vorgeschriebener Stelle einen kleinen runden Stempel. Die Fleischbeschau wurde 1879 gesetzlich verordnet und durfte nur von dafür ausgebildeten Leuten ausgeübt werden.

Nachdem das Tier ausgekühlt war, begann das Zerteilen und Sortieren zum Wurstmachen. Schinken, Speck und Kotelettstücke wurden zum Pökeln zur Seite gelegt, Schwänzchen und Pfötchen für den nächsten Eintopf aufgehoben. Die Leber wurde gleich zum Mittagessen gebraten.

Das Fleisch für Leberwurst, Knappwurst, Rotwurst und Sülze kam in den Kessel und wurde gekocht und danach durch den Fleischwolf gelassen, der noch mit der Hand gedreht werden musste. Für die Rotwurst wurden als Einlage „Kinkeln" geschnitten. Aus dem Kopf und den Schwarten wurde Topfsülze gekocht und sauer abgeschmeckt. Sie wurde in Gläser eingekocht und später zu Kartoffeln gegessen.

Jede Menge Zwiebeln mussten mit dem Gekröse gebraten werden und wurden mit Gewürzen wie Salz, Pfeffer, Majoran, Thymian und Muskat in der Wurst verarbeitet. Die ganze Luft roch danach. Dann wurde der Wurstbrei in die vorher gut gereinigten Därme gefüllt. Dafür benutzte der Schlachter einen Ring. Ein Teil der Wurst wurde direkt in die vorbereiteten Dosen gefüllt. Um die Dosen zu verschließen, nutzten wir eine spezielle Maschine, die nur einmal im Dorf vorhanden war. So wurden die gefüllten Dosen auf einen Handwagen geladen und zu der Stelle mit der Verschlussmaschine gefahren.

Da den ganzen Tag hart gearbeitet wurde, sorgte die Hausfrau dafür, dass die Stimmung gut blieb und schenkte in den Pausen zur Kräftigung Schnaps ein. Das war meistens ein einfacher Korn. Sie achtete aber darauf, dem Hausschlachter vor dem Abschmecken der

Wurst nicht zuviel einzuschenken. Gewürzt wurde nämlich nicht mit Hilfe einer Waage, sondern nach Geschmack. Da konnte es schon mal vorkommen, dass die Wurst zu salzig oder zu scharf abgeschmeckt war.

Ich habe meinen Vater gern begleitet. Es war auch immer so etwas wie ein Fest. In Schloß Ricklingen kannte ich mehrere Hausschlachter, und zwar meinen Vater Albert Brandt und außerdem Karl Plinke, Hermann Blanke und Martin Eggestein.

Erzählt von Inge Dammann, geb. Brandt

Martin Eggestein bei eine Hausschlachtung 1979 (Foto Familie)

Karl Prendel

Guck mal Willi, wir sitzen hier an der Karl-Prendel-Straße. Ich weiß gar nicht, wer dieser Karl Prendel war. Weißt Du etwas darüber?

Ja, er war 22 Jahre Bürgermeister von Schloß Ricklingen, von 1946 an bis 1968 und sehr

Karl Prendel 1963 (Foto Familie)

anerkannt von allen. Ich kannte Karl Prendel noch persönlich und kann mich gut erinnern, wie er sich in den Gemeindeversammlungen eine Zigarre angezündet hat, wenn es hoch her ging. Die Sitzungen fanden ja damals immer in der Gaststätte statt.

Und vor 1946?

Das war ein schwieriges Kapitel. Er wurde schon 1933 zum Beisitzer gewählt, für die SPD, in der er seit 1918 Mitglied war und bis zum Schluss blieb. Aber dann hat er auf das Mandat verzichtet, wahrscheinlich nicht ganz freiwillig. Nach dem Krieg wurde er gleich zum Bürgermeister gewählt und in den Kreistag Neustadt, dem er von 1946-1952 angehörte.

Was hat er denn Besonderes für Schloß Ricklingen gemacht?

Als erstes würde ich sagen, dass er Unglaubliches geleistet hat, als die vielen Flüchtlinge nach Schloß Ricklingen kamen. Stell Dir vor, dass 1939 so ungefähr 550 Menschen hier lebten, 1946 aber schon über 1070, also fast doppelt so viele. Und der Bürgermeister ist dann von Haus zu Haus gegangen, um sie unterzubringen. Im Grunde musste jede Familie, die ein Zimmer hatte, jemanden aufnehmen.

Und danach hat er dann den Siedlungsbau vorangetrieben, die „Neue Siedlung" gebaut, von der Steinfeldstraße bis zum Lönsweg. Für die vielen Kinder war geplant, eine neue Schule zu bauen. Das Grundstück gab es schon, dort, wo heute die Robinstraße ist.

Und die Wasserversorgung, habe ich gehört?
Das stimmt.

Unter seiner Amtsführung wurde 1961 die Wasserleitung gebaut und 1966 die Abwässer in die neue Kläranlage Wunstorf/Luthe eingeleitet. Es gab damals schon getrennte Leitungen für Regenwasser und Abwasser.

Bis 1964 war Schloß Ricklingen ja komplett nach Wunstorf orientiert. Die weiterführenden Schulen waren dort. Wir gingen dort zum Arzt, zum Einkaufen, zum Schützenfest.

Und dann?
Die Schule in Schloß Ricklingen wurde zu klein und es gab keine finanzielle Unterstützung mehr vom Land Niedersachsen für einen Neubau. Da setze sich Karl Prendel mit dafür ein, das Schloß Ricklingen sich mit Horst, Frielingen und Meyenfeld zur Samtgemeinde zusammentat. Gemeinsam wurde die Mittelpunktschule gebaut, so dass die Kinder dann von der 5.-8. Klasse nach Horst in die Schule gingen. Die 1.-4. Klasse ging von 1970 an nach Havelse.

Also deshalb sind wir jetzt nach Garbsen orientiert. Interessant. Wie alt ist Karl Prendel eigentlich geworden?

Er wurde am 23.12.1889 geboren und ist erst mit 89 gestorben, am 27.1.1978. Er war Bürgermeister, bis er 79 Jahre alt war und blieb noch vier weitere Jahre im Gemeinderat.

Noch eine Frage zum Schluss: Hast Du Karl Prendel kennengelernt? Wie war er persönlich?

Ich habe ihn als sehr hilfsbereiten Menschen kennengelernt, der sich für alle eingesetzt hat. Wenn man ein Problem hatte, konnte man einfach hingehen, und er hat sich gekümmert. Das kriegen wir schon hin, hat er gesagt.

Gespräch zwischen Willi Thiele und Regina Thiele 2022

Karl Prendel (links) (Foto Familie)

Der Ausrufer

Einige können sich noch erinnern, wie bis in die späten 50er Jahre in Schloß Ricklingen der Ausrufer mit seinem Fahrrad durchs Dorf fuhr. Er blies kräftig in sein Horn, dass es laut durch die Straßen hallte und jeder und jede innehielt, um zu hören, was es Neues gab.

Zeichnung Marita Tscherniak

Das alte Dorf erstreckte sich von der Schule über im Dorfe bis zur Mühlenstraße (heute Burgstraße), da hatte man schon bald alle Höfe durch. „Es gibt wieder frischen Fisch" hieß es, wenn der Fischwagen ins Dorf kam. Jeder konnte ihm Aufträge geben, die er sorgfältig ausführte. So hatte ihn einmal die Lüdersche vom Kuntzenhof, dem Amtmannshof geschickt, um überall im Dorf zu verkünden: „Im Garten vom Amtmannshof sind fünf Hühner eingefallen und picken im Gemüse herum. Der Besitzer soll sie wieder abholen".

Der Besitzer, das war der Gastwirt Thiele, der Nachbar vom Amtmannshof und der brummelte: „Sie wusste doch, dass es meine Hühner sind. Hätte sie mir das nicht selbst sagen können?" So wusste das ganze Dorf, dass der Thiele seine Hühner nicht im Griff hatte.

Und glaubt es oder nicht: Der Ausrufer, der so laut ins Horn stieß, hieß auch mit Namen Horn! Hermann Horn, glaube ich.

Am Neujahrstag ging er von Haustür zu Haustür und wünschte ein „Gesegnetes Neues Jahr". Da gab es dann ein Trinkgeld und meist auch einen Schnaps. Das nach Hause kommen fiel ihm schwer, denn für einen Schnaps waren die Schloß Ricklinger immer zu haben.

Rosa Thiele

Ein Rind bricht aus

Wie alle wissen, haben meine Frau und ich seit 1966 in Schloß Ricklingen eine Fleischerei betrieben. Zu einer Fleischerei gehörte damals auch ein Schlachthaus. Wir kauften die Tiere, Schweine und Rinder, in der näheren Umgebung bei den Bauern. In unserem Schlachthaus wurden die Tiere geschlachtet und dann in der Wurstküche zerteilt und zu Wurst und Fleisch verarbeitet.

Der Transport der Rinder war nicht immer einfach, besonders wenn sie erst auf der Wiese eingefangen werden mussten. Oft hat der Bauer sein Rind dann schon am Tag zuvor in den Stall geholt. Einmal hatte ich ein Rind gekauft von Herbert Düvel aus Horst. Herbert hatte es schon in den Stall gestellt, und ich konnte es ruhig auf den Hänger laden. Ich musste dem Tier nicht mal die Blende aufsetzen. Die Blende ist eine Augenklappe, die den Tieren die Orientierung nimmt. Ich fahre also mit dem Hänger auf den Hof, öffne die Klappe und ziehe das Rind an einem Strick herunter, um es ins Schlachthaus zu treiben. Kaum jedoch ist das Tier heraus aus dem Hänger, spürt es wohl seine Freiheit oder die Gefahr. Auf jeden Fall schüttelt es heftig den Kopf, und der Strick entgleitet meinen Händen. Jetzt gibt es kein Halten mehr. Da ich vergessen hatte, die Blende aufzusetzen, war das Tier jetzt frei, lief mit großen Sätzen an unserer Garage vorbei, sprang über den Zaun und stand dann ruhig bei Heinrich in der Wiese.

Was nun? Wie sollten wir es wieder einfangen? Unser Geselle Bernd kam bis auf 20 Meter heran, dann zog er sich vorsichtig und ängstlich wieder hinter den Zaun zurück. Wir mussten auch aufpassen, das Tier nicht von der Wiese zu verjagen, denn die Straße war ganz in der Nähe. Nicht auszudenken, wenn das Tier einen Fußgänger verletzen würde. Noch blieb es auf der Wiese!

Inzwischen war der Tierarzt zur Fleischbeschau eingetroffen und sah sich die Sache an. Aber es gab ja noch keine Schlachtung. „Da hilft nur das Gewehr. Da muss ein Jäger her." Keine schlechte Idee. Ich hätte ihn gern selbst verpflichtet. Aber nein, es war ein fremdes Revier, da durfte der Tierarzt nicht schießen. Ich rief Herbert Düvel an, er war auch Jäger. Der kam sofort, aber ohne Gewehr. Unser Nachbar Heinrich Scharnhorst konnte auch gut schießen, aber alle lehnten ab. Jetzt standen wir schon mit einigen Männern an der Straße hinter dem Zaun und blickten dem Rind ins Auge. Wen könnte ich noch fragen? Da fiel mir Heinrich Stille ein. Er war Jäger, und er hatte ein Gewehr. Als ich ihn am Telefon erreichte, war sein erstes Wort: „Oh ", dann „Ich komme!"

Inzwischen hatten sich wohl 10 Leute an der Straße versammelt. Ein Mann – ein Wort. Heinrich Stille kam, legte sein Gewehr auf den Zaunpfahl, zielte und traf. Er hatte mir einen großen Dienst erwiesen.

Willi Thiele

Ein Rind am Königsworther Platz

Manchmal hatte ich bei den Bauern kein Rind kaufen können. Dann musste ich auf den Schlachthof in Hannover fahren. Der Schlachthof war das Schlachthaus für die Fleischer in der Stadt. Aber es gab auch einen Handel mit lebenden Tieren. Wie so oft kam mein Nachbar Heinrich Scharnhorst mit in die Stadt. Wir gingen über den Markt, erledigten alles Mögliche und kauften dann auch einen prächtigen Bullen.

Wir luden ihn auf den Anhänger und machten uns auf den Heimweg. Dazu ging es zurück mitten durch die Stadt. Als wir über den Königsworther Platz fuhren, hörten und spürten wir ein Rumpeln und der Anhänger schlug aus. Ich hielt an der Seite an und stieg aus, um zu sehen, was passiert war: ein Reifen an dem Viehanhänger war platt. Was sollten wir jetzt machen? Den Reifen wechseln. Es blieb uns nichts anderes übrig, auch wenn wir mitten auf dem Königsworther Platz standen. Damals hat man nicht so einfach den ADAC geholt.

Der Bulle musste natürlich runter vom Hänger, damit wir den kaputten Reifen abmontieren konnten. Diesmal hatte er eine Blende auf. Ich machte den Strick los und zog den Bullen ganz ruhig vom Hänger auf die Straße. Am Rand suchte ich mir einen Laternenmast, an dem ich meinen Bullen anbinden konnte. Er war ein toller Blickfang für alle vorbeifahrenden Autos. Ihr könnt euch denken, dass wir den Reifen sehr schnell gewechselt haben. Es ist alles gut gegangen und Heinrich hatte am nächsten Schützenabend viel zu erzählen.

Willi Thiele

Der Spion aus Schloß Ricklingen

Es begann wie eine Erfolgsgeschichte.

Karl-Heinz Hedtke, ein charismatischer Geschäftsmann, zog in den 1960er Jahren in unser beschauliches Schloß Ricklingen. Dort baute er sich ein scheinbar solides Leben auf – er war Bauunternehmer, wohltätig

und engagiert im Gemeindeleben. 1975 stand er sogar an vorderster Front bei der Organisation der 750-Jahr-Feier.

Ein besonders bemerkenswertes Detail aus dieser Zeit ist die Robinstraße in Schloß Ricklingen. Was viele nicht wissen: Hedtke erbaute die Häuser dieser Straße und die Robinstraße selbst ist nach seinem früh verstorbenen Sohn Robin benannt. Der Junge starb, bevor Hedtke nach Schloß Ricklingen zog, doch sein Name blieb im Dorf erhalten – ein unerwartetes Denkmal eines Mannes, der ein Leben voller Geheimnisse führte.

Doch hinter der Fassade lauerte ein dunkles Geheimnis. Hedtke war kein gewöhnlicher Unternehmer. Er war ein Spion – und einer der gefährlichsten seiner Zeit.

Ein Schloss mit Aussicht auf den Militärflughafen

Niemand ahnte, dass sich hinter den Mauern seines schlossähnlichen Gebäudes in Wunstorf, Ortsteil Stiefelholz ein Observationsposten befand. Mit hochentwickelten optischen Geräten beobachtete Hedtke den nahegelegenen Militärflughafen Wunstorf/Poggenhagen. Jede Bewegung der Bundeswehr, jedes Flugmanöver wurde von ihm akribisch erfasst – und an die DDR weitergegeben.

Aber Hedtke spähte nicht nur aus der Ferne. Er wusste, dass der Schlüssel zu wertvollen Informationen in den Menschen lag. Geschickt knüpfte er Kontakte zu hochrangigen Mitarbeitern des niedersächsischen Verfassungsschutzes. Er bot ihnen günstige Baugrundstücke an, lud sie zu feuchtfröhlichen Feiern ein und gewann ihr Vertrauen – während er sie gleichzeitig ausspähte.

Der doppelte Verrat

Lange Zeit führte Hedtke sein doppeltes Spiel ungestört. Doch 1979 begannen die Geheimdienste, misstrauisch zu werden. Wer war dieser charmante Bauunternehmer wirklich? Warum interessierte er sich so sehr für militärische und politische Kreise?

Die Antwort folgte 1980: Hedtke wurde verhaftet. Bei ihm fand man einen gefälschten Personalausweis und einen „nachrichtendienstlichen Gegenstand" – einen Codeschlüssel zur Entschlüsselung geheimer Funksprüche. Die Beweise waren erdrückend, die Anklage lautete auf geheimdienstliche Agententätigkeit für die DDR.

Doch der Spion hatte noch einen letzten Trick in der Hinterhand. 1981, während er auf sein Gerichtsverfahren wartete, gelang ihm die Flucht. Er setzte sich in die DDR ab – unter Umgehung der Grenzkontrollen, mit einem Auto auf der für Busse reservierten Spur.

Vom Baulöwen zum gefeierten Spion – und ein Wiedersehen?

In Ost-Berlin wurde er nicht als Verbrecher, sondern als Held empfangen. Die Stasi lobte seine „hervorragende operative Arbeit" und zeichnete ihn mit höchsten Ehren aus.

Fortan arbeitete er offiziell als Redakteur – doch hinter den Kulissen blieb er ein Spion, bis zum Ende der DDR.

Einige Jahre nach seiner Flucht besuchte eine Reisegruppe aus Garbsen Ost-Berlin. Bei einer Stadtführung glaubten einige Teilnehmer, in dem Fremdenführer niemand Geringeren als Karl-Heinz Hedtke wiederzuerkennen. Einer von ihnen sprach ihn direkt an.

Als die Reisegruppe später in den Bus stieg, warteten sie vergeblich auf ihren Stadtführer. An seiner Stelle trat plötzlich ein neuer, unbekannter Reiseleiter auf den Plan. Hedtke tauchte nicht mehr auf: Er war erneut verschwunden.

Für die Menschen in Schloß Ricklingen blieb er ein verschwundener Nachbar, ein Baulöwe, der plötzlich in der Versenkung verschwand. Doch für die Geheimdienste war Karl-Heinz Hedtke einer der raffiniertesten und undurchschaubarsten Agenten des Kalten Krieges – ein Mann, der in beiden Welten lebte und sie doch nie wirklich bewohnte.

Regina Schiewe nach Hartmut Büttner

Schützen im Gasthaus

Zum Bauernhof Nr. 6 Höhne, später Thiele, war seit 1826 ein Gasthaus angegliedert und während es später für seine Schnitzel berühmt war, beschränkte sich die Speisekarte in den 50er Jahren auf Bratwürstchen, die von Niedersberg kamen, dem ansässigen Fleischer, und Bratkartoffeln.

Man traf sich zum Skat und zum Schießen im Gasthaus. Direkt nach dem Zweiten Weltkrieg hatten die Schützen noch kein Schützenhaus, und da der Wirt und seine beiden Söhne Heinrich und Willi selbst Mitglieder im Schützenverein waren, fand sich am Ende eine Lösung. Die Tür zur Clubstube wurde aufgemacht und in die Wand rechts von der Gaststube ein Loch geschlagen, so 40cm breit und 80cm hoch. So konnte man im Stehen wie im Sitzen schießen. Am anderen Ende des Raumes, ganz hinten in der Clubstube hing der Kugelfang, in dem die Scheibe war. Die 10m Abstand mussten ja eingehalten werden. Ein Wunder, dass niemand zu Schaden kam, denn der Tresen und der Stammtisch der Skatrunde war ja nur eine Armeslänge vom Schützen entfernt. War grad kein Schießen kam die Klappe vor das Loch und ein Tisch davor. Links daneben stand der Tisch für die Kartenspieler. So war immer etwas los in der Kneipe. Erster Schützenkönig nach dem Krieg, 1954 war übrigens Fritz Pinkvoss.

Beim Bier war man sich einig: Das „Lindener" war eine Plörre und schon vor dem Krieg wurde bei Thiele das gute Herry vom Fass getrunken, so wie das Herrenhäuser noch immer genannt wird. Da saßen die Schützen hinterm Haus am Kleinkaliberstand, um den Schützenkönig auszuschießen, die Grundmauern kann man noch sehen. Am Ende der Schussbahn, fast im Wald, hing die große Scheibe, daneben saßen zwei Leute, die den Schuss prüften und an einer Uhr den Teiler bekannt gaben. Soweit ich weiß, wurde niemand verletzt. Wie sie damals herausgefunden haben, dass wirklich dieser eine Schuss am besten war? Gemunkelt wurde, dass die Beiden nicht nur gute Augen brauchten. Sie wussten, welcher Schützenbruder sich die vielen Runden Bier und Lüttje Lage leisten konnte, die der Schützenkönig spendierte. Denn Feiern konnten die Schloß Ricklinger schon immer.

Genau diese Scheibe trug man dann beim Schützenfest herum, und hing sie mit viel Musik und Korn beim Schützenkönig ans Haus. Die Scheibe von 1927 hängt am Haus von Willi Thiele, Im Dorfe 2 und ist von seinem Vater. Wenn man genau hinschaut, sieht man das große Loch in der Mitte und die vielen Einschusslöcher am Rand, in denen Holzbolzen stecken, um sie vor der Witterung zu schützen.

Willi Thiele

Original Schützenscheibe aus 1927 (Fotomontage Regina Schiewe)

Die Totenfrau

Wenn wir heute einen lieben Menschen verlieren, wird er ziemlich bald vom Bestattungsinstitut abgeholt und zurechtgemacht.

Früher, in den 1960ern, das ist grad mal 50 Jahre her, und ich kann mich noch gut erinnern, wurden die Angehörigen zu Hause aufgebahrt, dort wo sie gelebt haben. Auch Schloß Ricklingen hatte eine Totenfrau, Frau Baum. Sie kam nach Hause und wusch und kämmte die Toten und zog ihnen für ihren letzten Weg die besten Sachen an.

Das konnte der Festtagsanzug sein oder das beste Kleid. Rund um den Sarg wurden Kerzen aufgestellt. Dann konnte die Familie aber auch Freunde und Bekannte, die Vereinskameraden oder die Landfrauen Abschied nehmen. Meist brachte man dort schon einen  Kranz mit, in dem auch Geld steckte. Beerdigungen waren damals wie heute nicht günstig. Otti Böfer hatte einen großen Garten und hat für uns und auch für andere die Kränze gebunden. Wenn man den Menschen kannte, ist man eigentlich immer hingegangen, um sich zu verabschieden und ein Gebet für den oder die Verstorbene zu sprechen.

Die Beerdigung fand dann 1-2 Tage darauf in der Kirche statt. Die Trauergemeinde traf sich im Hause, der Sarg wurde geschlossen und von sechs Trägern zur Kirche getragen. Im Schützenverein gab es einige Männer, die verstorbene Schützenbrüder auf ihrem letzten Weg begleiteten. Sie mussten ungefähr gleich groß sein, damit nichts wackelte oder schief aussah. Hinter dem Sarg ging dann die Trauergemeinde.

Das Grab wurde mit dem Spaten ausgehoben, im Winter eine mühselige Angelegenheit. Die Grube musste ja auch tief genug sein. Das machte meistens der Friedhofsgärtner. Die Sargträger achteten genau darauf, wie der Sarg in die Erde gelassen wurde. Der Kopf musste im Westen liegen, so dass der oder die Gestorbene in den Osten blickte. Wer sich einmal den Friedhof an der Kirche anschaut, kann das heute noch sehen: Alle Grabstellen sind nach Osten ausgerichtet.

Aus Erzählungen einer Schloß Ricklingerin

Geburt des „Ricklinger Räubers"

Detail vom Ricklinger Räuber

Anlässlich des dreißigjährigen Bestehens der Handballsparte im Jahre 1978 machten sich die Organisatoren Gedanken über die Würdigung dieses Ereignisses. Das waren damals Willi Thiele, Wilfried Schmidt, Hans Lücke und einige andere.

Einfach einen Pokal auszuspielen war diesem Ereignis nicht angemessen, denn es sollte die Geschichte Schloß Ricklingens einbezogen werden: Die Leineschiffer wurden hier bei der Burg Ricklingen nicht sehr freundlich zur Kasse gebeten, also mehr oder weniger beraubt.

Dies war die Geburtsstunde des „Ricklinger Räubers". Über die Art seiner Darstellung gab es einiges Kopfzerbrechen. Die Fahndung nach einem Pokal dieser Art hat einige Zeit in Anspruch genommen. Schließlich wurden die Veranstalter fündig: Ein Sockel mit einem darauf postierten Ritter mit Hellebarde sollte es sein. Dieser wurde als Wanderpokal gefertigt, auf dem die jeweiligen Turniersieger mittels einer Plakette eingraviert wurden. Der schwergewichtige Pokal fand in Willi Thiele einen Stifter und hat das Turnier jahrelang begleitet. Anhand der Plaketten ist ersichtlich, aus welchen Bereichen die Teilnehmer angereist waren (Bremen, Berlin und weiteren Orten dazwischen). Immer am ersten Maiwochenende trafen sich die Handballfreunde und später auch -freundinnen zur Teilnahme an diesem nunmehr bereits in Handballkreisen bekannten Turnier.

Natürlich kam auch das Feiern nicht zu kurz, erst in der „Linde" und später bei „Schubert". Diese Abende haben die Mühen der Organisation und des Einsatzes bei Verpflegung und Übernachtung immer wieder vergessen gemacht. Wie bereits angemerkt, kam bald noch ein parallel laufendes Damenturnier hinzu, welches die bereits vorhandene tolle Stimmung noch weiter steigerte.

Kommt heute die Sprache auf den „Ricklinger Räuber", erinnern sich viele Handballbegeisterte noch gern an diese Zeit. Mangels fehlender Helfer und anderer Widrigkeiten konnte diese Veranstaltung ab ungefähr 1987 nicht weiter durchgeführt werden.

Hans Lücke

Wanderpokal (Foto Regina Thiele)

Das erste Bundesverdienstkreuz

Mein Großvater war Christian Friedrich Wilhelm Baumgarten, geb. am 2. Oktober 1890 in Schloß Ricklingen und am 8. September 1972 in Schloß Ricklingen gestorben.

Ihm wurde am 1.4.1957 das Bundesverdienstkreuz am Bande vom Bundespräsidenten Theodor Heuss verliehen.

In der Begründung hieß es, er habe in selbstloser Absicht einen sich nähernden Zug zum Stehen gebracht. Er ging dem Zug mit einer kreisenden Laterne entgegen, weil die Brücke abgesackt war. Durch diese

Originalurkunde 1957 (Foto Familie Baumgarten)

mutige Tat konnte er großen Personenschaden verhindern.

Er war der Erste in Schloß Ricklingen und im Kreis Neustadt, dem diese Ehre zukam.

Heinrich (Heini) Baumgarten

Weitere Trägerinnen und Träger des Bundesverdienstkreuzes aus Schloß Ricklingen (laut Bundespräsidialamt Berlin)

1957	Christian Baumgarten	Verdienstkreuz am Bande
1960	Friedrich Kruse	Verdienstmedaille
1964	Frieda Schubert	Verdienstkreuz am Bande
1973	Karl Prendel	Verdienstkreuz am Bande
1978	Kläre Paulmann	Verdienstkreuz am Bande
2011	Wilhelm Thiele	Verdienstkreuz am Bande
2020	Daniela Grunwald-Galler	Verdienstkreuz am Bande

Matten Matten Meeren…

Wer kennt ihn noch, den schönen Brauch unseres Matten-Meeren-Singens, der durch Halloween schon fast verdrängt wurde? Dabei ist das Martinssingen – oder *Martinisingen*, wie es bei den Protestanten heißt – ein Brauch mit richtig viel Geschichte.

Seinen Ursprung hat das Ganze im Mittelalter: Am Martinstag wurden damals viele Landarbeiter in die Winterpause geschickt – ohne Lohn. Um über die Runden zu kommen, zogen ihre Kinder abends mit Laternen (früher aus Zuckerrüben!) los, sangen Lieder über den Heiligen Martin von Tours und baten um Essbares. Wer sang, bekam was. Wer nicht sang – tja, der bekam auch nichts. Und wer gar nichts geben wollte, konnte mit einem kleinen Streich rechnen.

Und wie ging noch gleich das Lied?

Matten Matten Meeren,
die Äpfel und die Beeren,
lass uns nicht so lange steh'n,
wir wollen noch nach Bremen geh'n.
Bremen ist 'ne große Stadt,
da kriegen alle Leute was,
die Großen und die Kleinen,
sonst fangen sie an zu weinen.

Warum manche Kinder schon am 10. November unterwegs sind? Das hat mit Martin Luther zu tun, dem berühmten Reformator, der an diesem Tag Geburtstag hatte. Protestantische und konfessionslose Kinder feiern ihn, katholische Kinder den Heiligen Martin am 11. November – leider oft mit dem Pech, dass die besten Süßigkeiten schon weg sind.

Nach der Reformation versuchten protestantische Fürsten ab dem 18. Jahrhundert, das Martinsbrauchtum als Gegengewicht zum Nikolauskult zu stärken. Luthers Geburtstag wurde wichtiger, der Heilige Martin trat etwas in den Hintergrund. In Ostfriesland zum Beispiel wurde aus dem einstigen Bettelgang der Kinder zu Ehren des Heiligen eine Feier für Martin Luther – *„de de Papst in Rom de Kroon offschlog",* wie es damals hieß. Die Lieder wurden entsprechend umgedichtet.

Im Laufe der Jahrhunderte wurde der Brauch weiterentwickelt, katholische und evangelische Traditionen vermischten sich, und das Martinssingen wurde zu einem Fest für alle.

Ich freue mich heute noch, wenn zu Matten Matten Meeren Kinder an der Haustür klingeln und singen. Da ist es mir egal, ob sie am 10. oder am 11. November kommen.

Regina Schiewe

Die majestätischen Störche in Schloß Ricklingen

Störche in der Masch 2021 (Foto Regina Schiewe)

Wer dabei gewesen ist, wird es nie vergessen! Wenn sich Hunderte von Störchen für ein paar Tage in Schloß Ricklingen treffen und den Treckern auf den frisch gemähten Wiesen hinterher staksen oder sich abends auf dem Kirchendach zur Ruhe setzen. Oder sich um den besten Platz auf den Flutlichtmasten oder auf den Bäumen am Mühlenberg streiten.

„Guck mal die Störche!", rufen Kinder und Erwachsene, wenn die Jungstörche im Sommer ihre Runden ziehen und mit ihrem ruhigen Segelflug begeistern.

Störche werden ca. 25 Jahre alt und kommen oft wieder in ihr Nest zurück, meist im März. Sie brüten und fliegen im Spätsommer wieder in den Süden. Hier in Schloß Ricklingen ist der Tisch gut gedeckt, durch die Nähe zur Leine und zum Brandmoor finden sie immer genügend Futter für sich und die Jungstörche. Nicht nur leckere Frösche, sondern auch Mäuse, Regenwürmer, Insekten oder Aas.

Ein Storchenparadies? Nun, es gibt einige natürliche Feinde, wie den Milan, die Kolkraben, Krähen oder Marder, größter Feind ist jedoch der Mensch und seine Produkte wie Angelleinen, die Autobahn oder Hochspannungsleitungen. Könnt ihr euch vorstellen, dass ein Storch mit einem Pfeil durch den Hals aufgefunden wurde?

Das Nest musste schon einige Male umziehen. Stand es in den 60er Jahren im Pfarrkamp, befand es sich seit 1970 in der Burgstraße 35. Bei einer Sanierung 1993 war es vom Dach gefallen. Gerhard Fritz, unser Storchenvater hat im Jahr darauf mit seiner Schulklasse einen neuen Aufbau erstellt und das neue Nest auf die Scheune von Familie Kampe gesetzt. Nur 10 Jahre später in 2003 wurde das Gebäude abgerissen und ein neuer Platz musste gefunden werden. Heute ziehen die Störche jedes Jahr gern wieder ein in das Nest auf dem Mast hinter dem Grundstück der Burgstraße 46/48.

Gerhard Fritz, Storchenvater

Schloß Ricklingen vor 1974

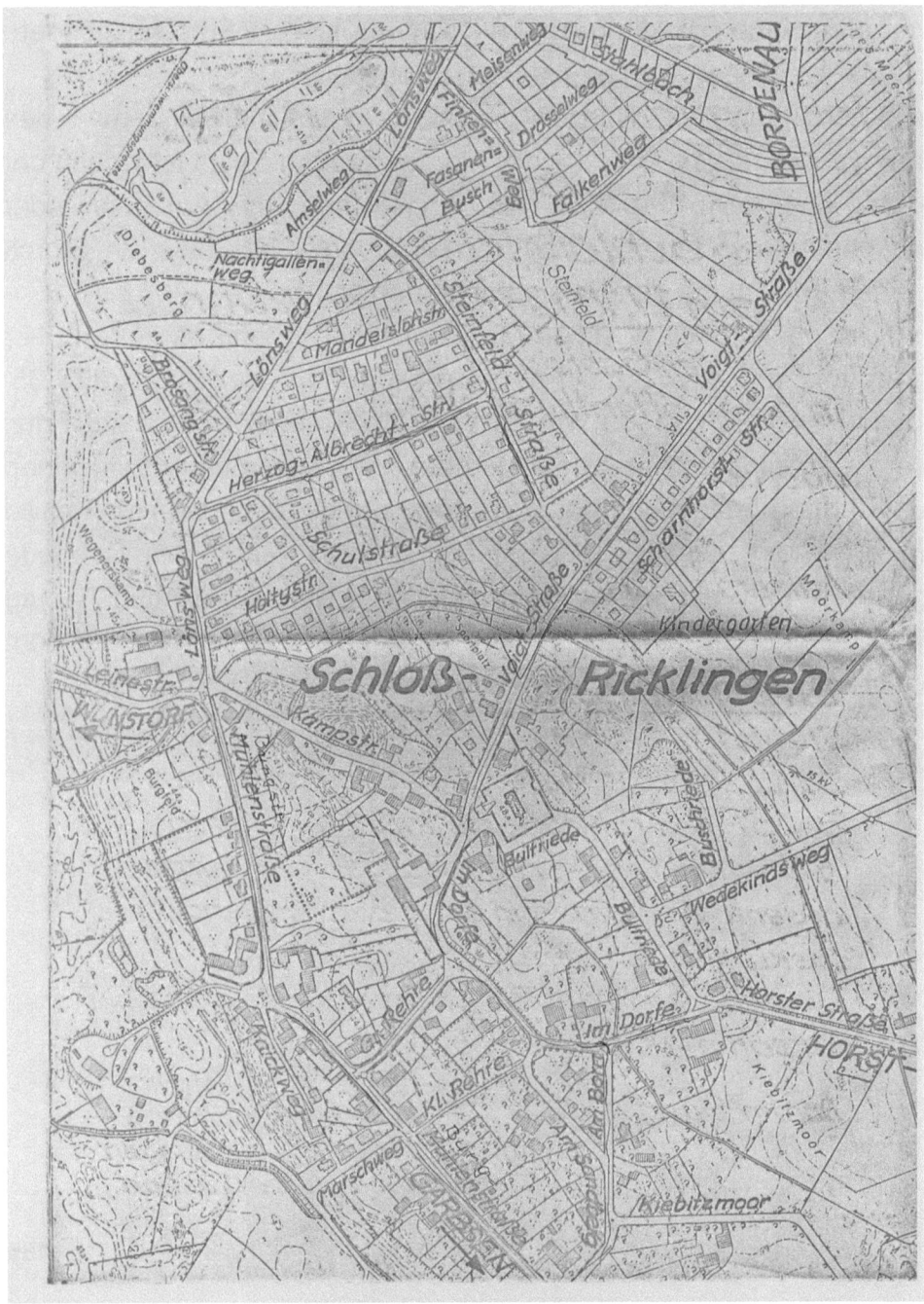

Karte aus 1974 (Foto Familie Bolte)

Persönlichkeiten in örtlichen Straßennamen

Brosangstrasse

Adolph Brosang gründete 1889 die Portland Zementwerke in Wunstorf.

Franz-Wollny-Weg

Franz Wollny war ein Urgestein Schloß Ricklingens und mit der engagierten Turn-Übungsleiterin Margret Wollny verheiratet.

Herzog-Albrecht-Straße

1352 belagerte Herzog Albrecht von Sachsen die Burg Ricklingen.

Höltyweg

Ludwig Hölty war ein volkstümlicher Dichter des 18.Jahrhunderts aus dem Umfeld des Göttinger Hainbundes. Bekannt sein Gedicht: „Üb immer Treu und Redlichkeit".

Karl-Prendel-Straße

Karl Prendel war 22 Jahre Bürgermeister von Schloß Ricklingen. Er leistete Großes in der Aufnahme und Verteilung der Vertriebenen, als die Einwohnerzahl von 500 auf über 1000 Menschen explodierte.

Kuntzengarten

Der Amtmannshof, bekannt als Kuntzehof oder Heinemannhof weist als historisches Gebäude auf die ehemalige Bedeutung des Ortes als Sitz des Amtes Ricklingen hin.

Lönsweg

Hermann Löns ein Heidedichter und Naturliebhaber aus dem 19. Jh. Er ist der Verfasser der Ballade über Sophie von Mandelsloh:

> „Ihr Gang war leicht, ihr Zopf war schwer,
> Sie trug ihre Brüste stolz vor sich her
> Und lachte laut und froh;
> Es zwang den ungerittenen Gaul
> Und riß dem Bluthund den Fraß aus dem Maul
> Sophiee von Mandelsloh."

Mandelslohstraße

Verweist auf den Ritter Dietrich von Mandelsloh.

Robinstraße

Benannt nach dem früh verstorbenen Sohn des Baulöwen und Spions Karl-Heinz Hedtke.

Rodenstraße

Benannt nach Graf Konrad II von Roden, der 1225 die Wasserburg Ricklingen bauen ließ.

Scharnhorst Straße

Gerhard von Scharnhorst, geboren 1755 war ein preußischer General, Befreiungskämpfer und Reformer aus Bordenau.

Voigtstraße

Johann Georg Voigt erbaute 1694 die Barockkirche, sein Vater, Jacobus Voigt war Amtmann in Schloss Ricklingen.

Wedekindsweg

Christoph Friedrich Wedekind wurde als Sohn des Pastors Wedekind in Schloß Ricklingen geboren. Im 18 Jahrhundert war er ein Gelegenheitsdichter. Bekannt geworden ist er durch sein 102-strophiges Krambambuli Lied.

Die Gebietsreform in Niedersachsen 1974 führte zur Entstehung der Stadt Garbsen. Schloß Ricklingen wurde damit ein Ortsteil Garbsens. Einige Straßennamen änderten sich.

Die längste Straße unseres Ortes die Burgstraße hieß früher Mühlenstraße. Die Kampstraße und die Bultriede wurden zur heutigen Karl-Prendel-Straße zusammengeführt. Die Horster Straße heißt jetzt Brandmoor und die Rodenstraße war früher die Schulstraße. Aus der Scharnhorst-Straße wurde der Moorkamp.

Geologische Erläuterungen

Riede/Bruch	bezeichnet ein feuchtes moosiges Gebiet oder Sumpfland
Born	hier fließt ein kleiner Bach oder eine Quelle
Marsch/Masch	nacheiszeitlich entstandenes Schwemmland
Bult	Bodenerhebung in Mooren oder sumpfigem Gelände
Kamp	ist der Flurname für ein „Stück Land"
Knick	Baum- und Strauchhecke, dazu pflanzt man auf aufgeworfene Erdwälle, ausschlagende Gehölze, die angeritzt und geknickt werden
Rehre	rehren bedeutet brüllen, blöken schreien, der Weg zu den Weiden
Büh	sumpfiges, feuchtes Gelände, entsteht häufig durch Altwasserarme, die sich nach einer Flusslaufveränderung abtrennen
Beeke	bedeutet Bach oder kleiner Wasserlauf

Ulrike Deiters-Bolte

Mitwirkende

Fritz Baumgarten   Bürger Schloß Ricklingens geb.1926

Lutz Brandt   Komponist und Stabskapellmeister aus
Schloß Ricklingen, geb.1889

Hartmut Büttner   Ehem. Bundestagsabgeordneter und
Ratsherr der Stadt Garbsen

Inge Dammann, geb. Brandt   alteingesessene Bürgerin Schloß
Ricklingens

Ulrike Deiters-Bolte   Seit 1979 Bürgerin in Schloß Ricklingen

Hans Ehlich   Heimatforscher, Autor und arbeite für die
Leine Zeitung

Ulla von Fehrn- Stender   Seit 1987 Bürgerin und Architektin in Schloß
Ricklingen

Anton Freytag   Autor von „Garbsen in alten Ansichten" und
arbeitete für die Leine Zeitung

Gerhard Fritz   Storchenvater, Lehrer und Bürger von
Schloß Ricklingen

R. Hartmann   Geschichte Hannovers

Veronika Heinemann, geb. Kuntze   langjährige Vorsitzende des
Heimatbundes

Wilma Jacobi, geb. Blume   Bürgerin Schloß Ricklingens

Dr. Herbert Kater   Verein für corpsstudentische
Geschichtsforschung

Ursula Kozielski   Lebte als Heimatvertriebene von 1946-1950
in Schloß Ricklingen

Hans Lücke   Handballbegeisterter aus Schloß Ricklingen

Armin Mandel   aus Wunstorf, arbeitete für die Leine Zeitung

Hermann Mußmann   Arbeitete für die Leine Zeitung

Justus Möser	Text aus „Patriotische Phantasien und Zugehöriges", 1790-94
Suse Nitschker, geb. Hölzer	Bürgerin Schloß Ricklingens
Hans Sagatz	Wunstorfer Gesellschaftsleben
Ilse Scherrer, geb. Baumgarten	Bürgerin Schloß Ricklingens
Regina Schiewe	In Schloß Ricklingen geboren und Fotografin
Meike Seifert, geb. Thiele	Bürgerin Schloß Ricklingens
August Sporleder	Prediger in Basse 1834 - 1851
Regina Thiele	Vorsitzende des DTV Schloß Ricklingen
Rosa Thiele	Langjährige Leiterin des DRK Altenkreises
Willi Thiele	Letzter Bürgermeister und 40 Jahre für Schloß Ricklingen im Stadtrat Garbsen
Hans Ulrich	Gründer und langjähriger Vorsitzender des Heimatbundes SchloRi und Autor der Original Dönekens
Ursula Wiebe	War viele Jahre Kirchenvorsteherin und ist Autorin der Gedichte zur „Alten Kirche" und dieser sehr verbunden
Charlotte Wilkening, geb. Möller	Bürgerin Schloß Ricklingens
Franz Wollny	Enkel des letzten Fährmanns der Leinefähre Und seit seiner Kindheit Schloß Ricklingen sehr verbunden